Henry Fielding

Eine Reise von dieser Welt in die nächste

Ein skurriler Roman

Deutscher Taschenbuch Verlag

Vollständige Ausgabe.
Auf der Grundlage der anonymen Leipziger Übersetzung von 1812 überarbeitet von Robin Crackett und Thomas Hack.

Titel der Originalausgabe:
›A Journey from this World to the Next‹
(1743)

Februar 1994
Deutscher Taschenbuch Verlag GmbH & Co. KG,
München

Umschlagtypographie: Celestino Piatti
Umschlagbild: Tullio Pericoli,
Unter den Sternen, 1985
Gesamtherstellung: C. H. Beck'sche Buchdruckerei,
Nördlingen
Printed in Germany · ISBN 3-423-02326-0

INHALT

EINLEITUNG

Ob die folgenden Blätter einen Traum oder die Vision eines frommen und heiligen Mannes enthalten; oder ob sie (wie einige wähnen, was mir aber zu abergläubig vorkommt) wirklich in jener Welt geschrieben und auf diese herabgesendet; oder endlich, ob sie (wie bey weitem die meisten glauben) das Machwerk irgend eines seltsamen Bewohners von Neu-Bethlehem* seyen: dieses auszumachen, ist weder nöthig noch leicht. Es wird mehr als zureichend seyn, wenn ich den Leser benachrichtige, auf welche Weise sie in meine Hände gekommen sind.

Herr Robert Powney, ein Schreibwarenhändler, der Catharinen-Straße gegenüber Im Strand wohnhaft, ein sehr ehrbarer und gesetzter Mann, führt unter anderen vortrefflichen Waren ganz vorzügliche Federn, welchen ich es besonders verdanke, daß meine Schreibereyen einigermaßen leserlich geworden sind; ein Bund solcher Federn, womit er mich vor einiger Zeit versah, hatte er sehr sorgfältig in einen großen Bogen Papier eingewikkelt, der mit Zügen, die von einer sehr schlechten Hand herzurühren schienen, ganz voll geschrieben war. Nun fühle ich immer eine außerordentliche Begierde, jede fast unleserliche Handschrift zu entziffern; theils, weil ich mich dabey mit Vergnügen der holden Kritzeleyen, Kritteleyen oder Krickeleyen erinnere (denn das Wort wird verschieden geschrieben), die ich in jüngeren Jahren von dem liebenswürdigen Theile der Schöpfung, welchem meine zärtlichste Achtung gewidmet ist, empfangen habe; theils vielleicht auch, weil ich von der sonderbaren Grille mancher Menschen nicht frey bin und, wie sie, alten ausgeblichenen Manuscripten, Büsten, die so verstümmelt, und Gemählden, die so schwarz und un-

* Gewöhnlich Bedlam – ein berühmtes Irrenhaus in London. (A. d. Ü.)

scheinbar sind, daß man nicht weiß, was man daraus machen soll, einen außerordentlichen Werth beylege. Und deßwegen studierte ich diesen Boden mit unglaublicher Anstrengung, entdeckte aber nach dem Verlauf eines Tages, daß der Inhalt mir schlechterdings unverständlich blieb. Ich ging alsbald zu Herrn Powney und fragte ihn sehr eifrig, ob er nicht mehr von demselben Manuscript habe. Er zeigte mir noch ungefähr hundert Seiten und eröffnete mir, er habe weiter nichts gerettet; das Buch sey erst ein ungeheuerer Foliant gewesen und von einem Herrn zurückgelassen worden, der bey ihm neun Monate lang in seiner Dachstube logiert habe, und das sey die einzige Vergütung, die er erhalten habe. Er erzählte weiter, das Manuscript sey an alle Buchhändler verhökert worden (wie er sich ausdrückte), aber keiner wollte etwas damit zu thun haben, denn einige hätten es für unleserlich und andre für unverständlich erklärt. Wieder andere wollten es nicht drucken, weil sie es für atheistisch, und die übrigen, weil sie es für ein Pamphlet auf die Regierung hielten. Es sey ebenfalls der Königlichen Gesellschaft vorgezeiget worden, allein die Mitglieder derselben hätten mit Kopfschütteln geäußert, es sey nichts darin enthalten, was für sie wunderbar genug wäre. Da er nun gehört, der vorige Besitzer desselben sey nach Westindien gereiset, und geglaubt habe, es sey zu weiter nichts tauglich, so habe er es als Maculatur benutzt. Das noch Vorhandene, so schloß er, stehe zu meiner Verfügung, und er bedaure das Verlorene, da ich ihm einigen Werth beyzulegen scheine.

Ich bath ihn sehr, einen Preis dafür anzusetzen; allein, er wollte nichts dafür annehmen als die Bezahlung einer kleinen Rechnung, die ich ihm schuldig war, und die er, wie er damahls sagte, als ausreichenden Entgelt ansehen wolle.

Ich überließ nun mein Manuscript meinem Freunde, dem Pfarrer Abraham Adams, der es mir, nachdem er es lange und sorgfältig studiert hatte, mit der Versicherung wiedergab, es enthalte mehr, als man beym ersten Anblick denke; der Verfasser scheine mit Platos Schriften nicht ganz unbekannt zu seyn, er wünsche aber, er hätte denselben zuweilen am Rande citiert, so daß ich sicher seyn könne (sagte er), daß er ihn im Original gelesen habe, denn nichts sey in unsern Tagen gewöhnlicher, fuhr der Pfarrer fort, als daß Leute vorgäben, griechische Schriftsteller gelesen zu haben, obgleich sie solche nur aus Übersetzungen kennten und kein Verbum auf die Endung – *mai* zu konjugieren im Stande wären.

Soll ich meine eigene Meinung hierüber erklären, so glaube ich, der Verfasser verräth eine philosophische Denkungsart, so wie auch einige Kenntniß der Welt und fället kein unpassendes Urtheil über ihren Werth. Ich weiß zwar wohl, daß andere wegen ihres lebhaften Temperaments und ihrer glücklichen Lage die Freuden der Erde für etwas Wesentlicheres halten und das Ganze für ein wichtigeres Schauspiel, als es hier vorgestellt wird; indessen, ohne ihre Meinung jetzt bestreiten zu wollen, reicht die Zahl der weisen und guten Männer, die wie unser Verfasser gedacht haben, aus, seine Behauptung zu unterstützen; und aus derselben läßt sich gar nichts Schlimmes folgern, weil er überall diese Moral lehrt: daß das größte und einzige wahre Glück in dieser Welt allein im Besitz von Tugend und Güte besteht; und so unbezweifelbar gewiß diese Lehre ist, so edel und praktisch ist auch ihre Tendenz, so daß man sie den Menschen nicht oft und stark genug einschärfen kann.

ERSTES BUCH

Erstes Capitel

Der Verfasser stirbt, trifft den Mercur an
und wird von ihm zu dem Wagen
gewiesen, welcher nach der nächsten
Welt aufbricht.

Am ersten Tag des Decembers 1741* verließ ich das irdische Leben in meiner Wohnung zu Cheapside. Mein Körper war schon eine Zeitlang todt, ehe ich die Freyheit hatte, ihn zu verlassen: denn dieß ist eine Verbindlichkeit, die allen Seelen durch das ewige Gesetz des Schicksals auferlegt ist, um die Unbequemlichkeiten zu verhüthen, die sonst erfolgen könnten, wenn dieser etwa durch irgend einen Zufall wieder lebendig würde. So bald als der bestimmte Zeitraum verstrichen (der jedoch nicht länger dauerte, als bis der Körper ganz kalt und steif geworden war), fing ich an mich zu bewegen; ich fand aber das Entkommen schwer, denn der Mund oder die Thür war verschlossen, so daß es mir unmöglich wurde, dadurch herauszukommen; und die Fenster, gemeiniglich Augen genannt, waren durch die Hand einer Wärterin so fest zugedrückt worden, daß ich sie keineswegs öffnen konnte. Endlich entdeckte ich einen Lichtstrahl in dem Giebel des Hauses schimmern (denn so darf ich wohl den Körper nennen, worin ich eingeschlossen war), dahin stieg ich dann, ließ mich durch eine Art von Kamingange gemächlich herunter und kam durch die Nase heraus.

Kein Gefangener, der aus einer langwierigen Einkerkerung entlassen ward, empfand je das Süße der Freyheit mit größerm Wohlbehagen als ich bey meiner Befreyung

* Einige zweifeln, ob es nicht vielmehr 1641 heißen solle, welches Datum mehr mit der in der Vorrede gegebenen Nachricht übereinstimmet; allein verschiedene Stellen scheinen sich doch auf viel spätere Begebenheiten zu beziehen und zum Theil auf solche, die sich erst vor einem Jahre oder zweyen zugetragen haben. Die Wahrheit zu bekennen, beyde Vermuthungen haben ihre Schwierigkeiten und daher steht es dem Leser frey, die, welche er will, zu erwählen.

aus einem Kerker, worin ich mehr als vierzig Jahre verwahrt gewesen war, und auf fast dieselbe Weise, wie ein solcher es getan haben würde, wendete ich noch einmahl meine Augen* auf denselben zurück.

Alle meine Freunde und Verwandten hatten mein Zimmer verlassen und waren, wie ich deutlich hörte, unten an der Treppe in lautem Streite über mein Testament begriffen; nur eine alte Frau war oben geblieben, um, wie ich vermuthe, den Körper zu bewachen. Sie lag aber in einem festen Schlafe, welcher, wie ihr Geruch verrieth, von einer tüchtigen Dosis Wachholderbrannteweins herrührte. Ich hatte an dieser Gesellschaft keinen Gefallen und begab mich deßwegen, da das Stubenfenster weit offen stand, in die freye Luft hinaus, fand aber zu meinem großen Erstaunen, daß ich nicht fliegen könne, was ich immer, so lange ich im Körper wohnte, von den Geistern geglaubt hatte; jedoch kam ich so sanft auf den Boden herab, daß ich mich nicht verletzte, und obgleich ich die Gabe zu fliegen nicht besaß (vermuthlich weil ich weder Federn noch Flügel hatte), so konnte ich doch einen solch erheblichen Weg in einem Zuge forthüpfen, daß ich meinen Zweck dadurch fast eben so gut erreichte.

Ich war noch nicht weit gehüpfet, als ich einen schlanken jungen Mann in einer seidenen Weste erblickte, mit einem Flügel an seiner linken Ferse, einem Kranz auf dem Kopfe und einem Heroldstabe in der rechten Hand**. Ich dachte, er sey mir schon vorher begegnet, ehe ich mich aber besinnen konnte, rief er mich an und fragte, wie lang ich schon verschieden sey. Ich antwortete, es sey so eben geschehen. »Ihr dürfet«, versetzte er,

* Augen schicken sich freylich nicht ganz gut für ein geistiges Wesen; doch sind wir hier, so wie an vielen andren Stellen, genöthigt, uns körperlicher Ausdrücke zu bedienen, um besser verstanden zu werden.

** In diesem Aufzug erscheint Mercur den Sterblichen auf dem Theater. Eines seiner Ämter, das ihm die Alten beylegten, war, die Geister zu versammeln, so wie ein Schäfer seine Herde, und sie mit seinem Stab in die andere Welt zu treiben.

»hier nicht verweilen, ausgenommen, Ihr seyd ermordet worden: in welchem Falle man es Euch gestatten könnte, noch einige Zeit herumzuwandern; seyd Ihr aber eines natürlichen Todes gestorben, so müßt Ihr sofort nach der andern Welt abreisen.« Ich verlangte den Weg zu wissen. »Oh«, rief der Herr, »ich will Euch das Wirthshaus zeigen, wo das Fuhrwerk abgeht; denn ich bin hier der Führer, vielleicht habt Ihr niemahls von mir gehört – mein Nahme ist Mercur.« »Wahrlich Herr«, sagte ich, »ich habe Euch im Schauspielhause gesehen.« Darauf lächelte er und ging, ohne weiter auf meine Bemerkung einzugehen, gerade vorwärts und hieß mich ihm nachhüpfen. Ich gehorchte und befand mich bald in Warwick-Lane. Hier machte Mercur Halt, zeigte auf ein besonderes Haus, wo er mir nach dem Fuhrwerk zu fragen befahl, wünschte eine glückliche Reise und nahm Abschied, indem er sagte, er müsse noch andere Kunden aufsuchen.

Ich kam an, als die Kutsche eben aufbrach und fand, daß das Nachfragen unnöthig sey, denn jedermann schien in dem Augenblick, als ich an die Thüre trat, zu wissen, was ich wollte. Der Kutscher sagte mir, seine Pferde seyen zwar bereit, aber er habe keinen Platz mehr übrig; doch die sechs schon anwesenden Passagiere erbothen sich, mir Platz zu machen. Ich dankte ihnen und stieg ohne viele Ceremonien ein. Wir traten sogleich unsere Reise an; es waren nun unser sieben, aber da die Frauenzimmer keine Reifröcke trugen, so erforderten ihrer drey nicht mehr Platz als zwey Mannspersonen.

Du wünschest vielleicht, lieber Leser, eine Beschreibung von der ganzen Equipage zu haben, da Du vermuthlich in deinem ganzen Leben keine Gelegenheit haben wirst, eine solche zu sehen. Die Kutsche war von einem vortrefflichen Spielzeugmacher, der wegen seiner Geschicklichkeit, in immaterieller Substanz zu arbeiten, hoch berühmt ist, aus eben diesem genannten Stoffe verfertiget worden. Die Arbeit war so außerordentlich fein, daß sie jedem sterblichen Auge völlig unsichtbar blieb. Die Pferde, welche dieses sonderbare Fuhrwerk zogen, waren alle geistig, so wie die Reisenden selbst, und alle im Dienste eines gewissen Postmeisters gestorben. Der Kutscher war ein sehr dünnes Stück von immaterieller Substanz und hatte während seines Lebens die Ehre gehabt, den Großen Peter, oder Peter den Großen, zu reiten, in dessen Dienste seine Seele wie sein Körper fast verhungert war.

So war das Fuhrwerk beschaffen, womit wir aufbrachen, und nun können diejenigen, welche nicht mit mir reisen wollen, hier, wenn es ihnen beliebt, Halt machen; diejenigen aber, welche es wollen, müssen zu den folgenden Capiteln übergehen, worin diese Reise fortgesetzt wird.

Herr«, sprach er, »ich starb an der Ehre.« – »An der Ehre?« wiederhohlte ich mit einigem Erstaunen. »Allerdings, an der Ehre«, erwiderte der Geist, »denn ich wurde in einem Duell getödtet.«

»Was mich betrifft«, sagte ein schöner Geist, »ich wurde im vorigen Sommer inoculiert und hatte das große Glück, mit sehr wenigen Narben im Gesicht davon zu kommen. Ich hielt mich nun für vollkommen glücklich und bildete mir ein, ich dürfe mir alle Vergnügungen der Stadt ohne Zurückhaltung erlauben; allein wenige Tage nach meiner Genesung übertanzte und verkältete ich mich auf einem Balle und starb in verflossener Nacht an einem hitzigen Fieber.«

Nach einem kurzen Stillschweigen, welches nunmehr folgte, wendete sich der schöne weibliche Geist, welcher zuletzt gesprochen hatte, nun da es eben heller Tag geworden war, zu der nächst bey ihr sitzenden Dame und fragte sie, welchem Zufalle man das Glück ihrer Gesellschaft zu verdanken habe. Sie antwortete, sie habe eine Auszehrung befürchtet, aber die Ärzte hätten sich über die Krankheit nicht einig werden können, denn sie habe zwey von ihnen in einem heftigen Streit darüber verlassen, als sie aus ihrem Körper gekommen sey. »Und sie, Madame«, sagte derselbe Geist zum sechsten Passagier, »wie verließen Sie die andere Welt?« Aber dieser weibliche Geist verzerrte den Mund und versetzte, sie wundere sich über die Neugierde gewisser Leute; vielleicht hätten einige bereits Nachrichten von ihrem Tode gehöret, die von der Wahrheit weit entfernet wären; doch was auch immer die Ursache davon war, so freue sie sich, von einer Welt befreyt zu seyn, in der sie kein Vergnügen fand und nichts als Unsinn und Unverschämtheit herrschte; besonders bey ihrem eigenen Geschlechte, dessen liederliche Aufführung sie lange Zeit ganz mit Scham erfüllet habe.

Wie der schöne Geist merkte, daß ihre Frage als Beleidigung aufgenommen wurde, forschte sie nicht weiter.

Sie hatte ganz das Süße und Artige an sich, welches bisweilen ihr Geschlecht, dem die Zärtlichkeit so vorzüglich angemessen ist, so herrlich ausschmücket. Ihre Miene entdeckte alle die Heiterkeit, Gutmüthigkeit und Sittsamkeit, welche über Seraphinens* Schönheit einen solchen Glanz verbreiten, daß jeder Anschauer mit Ehrerbiethung erfüllt und zur Verwunderung hingerissen wird. Und wirklich, wäre da nicht das oben erwähnte von den Blattern in der Unterredung vorgekommen, so hätte ich mir eingebildet, Seraphine beehre unsre Gesellschaft durch ihre Gegenwart. Diese Einbildung hätte noch verstärkt werden können durch den Verstand, den sie in ihren Reden verrieth, durch das Zarte ihrer Empfindung und das Gefällige in ihrem Betragen, so wie durch eine gewisse Würde, welche jeden Blick, jedes Wort und jede Gebärde begleitete: Eigenschaften, die einen starken Eindruck auf ein Herz**, das dessen so empfänglich war wie das meinige, nicht verfehlen konnten, und in kurzer Zeit war ein sehr hoher Grad seraphischer Liebe in mir entstanden. Ich meine hier nicht diejenige Liebe, welche Männer in der untern Welt mit den Frauen, wie man sehr richtig sagt, vollziehen, und welche selten länger dauert als während sie vollzogen wird. Seraphische Liebe hingegen bezeichnet die zärtlichste, höchstverfeinerte Freundschaft, welche ich Dir, mein theuerster Leser, – wenn Du keinen Begriff davon hast, wie ich es fast vermuthe – eben so vergebens zu erklären suchen würde, als man jemand, der von der gemeinen Arithmetik nichts wüßte, die schwierigsten Probleme des Sir Isaak Newton deutlich machen könnte.

Nunmehr – denn wir müssen zu allgemein verständli-

* Hier wird eine gewisse Dame von Stande verstanden; aber jede Dame, von Stande oder nicht von Stande, wird eingeladen, diesem Charakter sich anzupassen.

** Wir haben diese Art zu reden oben vertheidigt und thun es jetzt zum letzten Mahle. Man kann aber doch sagen, wenn das Herz hier metaphorisch gesetzt werde, so geschehe es mehr im eigentlichen Sinn, als wenn Leidenschaften, die den Seelen zukommen, dem Körper zugeschrieben werden.

chen Materien zurückkehren – fiel das Gespräch auf die Eitelkeit, Thorheit und das Elend der niederen Welt, wovon jeder Reisende in der Kutsche versicherte, er sey höchst vergnügt, davon befreyt zu seyn; sonderbar war es aber, daß, obgleich wir alle unsre Freude über unseren Tod zu erkennen gaben, doch jeder von uns dasjenige, wodurch er veranlaßt worden war, nicht anders erwähnte, als wenn er ihm gar gern hätte ausweichen wollen. Selbst die ernsthafte Dame, die ihre Freude darüber am stärksten geäußert hatte, bekannte unbedachtsamer Weise, daß sie einen Arzt an ihrem Bette zurück gelassen habe, und der an der Ehre verstorbene Herr verfluchte sehr frey seine Thorheit und sein Fechten.

Indem wir uns mit solchen Gesprächen unterhielten, begann plötzlich ein äußerst widerlicher Gestank in unsere Nasen einzudringen. Dieser hatte große Ähnlichkeit mit dem Geruche, welchen Reisende im Sommer empfinden, wenn sie sich dem schönen Dorfe Haag nähern, wo er aus den dortigen lieblichen Canälen hervorsteigt, die, da sie nur stehendes Wasser enthalten, in dieser Jahreszeit Düfte aushauchen, die dem holländischen Geschmacke sehr zusagen, von anderen aber weniger freundlich empfunden werden. Diese Wohlgerüche, im Zusammenspiel mit einem günstigen Wind, pflegen Personen mit feinen Geruchsnerven schon in der Entfernung dreyer Meilen zu beschweren und nehmen beym Annähern stufenweise zu. Auf gleiche Weise belästigte der erwähnte Gestank auch uns mehr und mehr, bis einer von den Geistern zum Kutschenfenster hinausblickte und verkündete, wir wären gerade in einer sehr großen Stadt angelangt; und in der That, kaum hatte er dieß gesagt, befanden wir uns schon in den Vorstädten, und der Kutscher, den jemand nun nach dem Nahmen der Stadt fragte, meldete uns, es sey die Stadt der Krankheiten. Die Landstraße dahin war sehr eben und, den oben erwähnten Geruch abgerechnet, überaus angenehm. Die Straßen der Vorstädte waren auf beyden Seiten mit Bordellen, Wirthshäusern und Garküchen besetzt: aus den Fenstern der ersten sahen wir mehrere schöne, aber in lauter Flitterputz gekleidete Frauenzimmer herausblicken; und in den letztern waren alle Arten der besten Leckereyen zur Schau gestellt. Aber sobald wir in die Stadt kamen, fanden wir hier das Gegentheil von dem, was wir in der andern Welt gesehen hatten: die Vorstädte nähmlich waren unbeschreiblich schöner als die eigentliche Stadt. Diese war in der That ein äußerst trüber, finsterer und melancholischer Ort. In den Gassen sah man wenige Leute, meistens nur alte Weiber, und hier und da einen steifen, gravitätischen, in Gedanken vertieften Mann, mit einer langen Knotenperrücke auf dem Kopfe und einem Stabe mit einem bernsteinernen Knopf in der Hand. Wir alle hofften, unser Fuhrwerk werde hier nicht anhalten, allein zu unserm Verdrusse lenkte der Kutscher eben bey einem Wirthshause ein, und wir mußten aussteigen.

Drittes Capitel

Abenteuer, die uns in der Stadt der Krankheiten begegneten.

Bald nach unserer Ankunft in dem Wirthshause, wo wir glaubten, den Rest des Tages zubringen zu müssen, machte uns der Wirth bekannt, es sey eine uralte Gewohnheit, daß alle diese Stadt durchreisenden Geister derjenigen Frau Krankheit, deren Beyhilfe sie ihre Befreyung von der untern Welt verdankten, ihre Aufwartung machten. Wir antworteten, wir würden keine der hier üblichen Höflichkeiten unterlassen, worauf der Wirth versetzte, er werde uns sogleich Führer schicken, die uns leiten würden. Bald nachdem er das Zimmer wieder verlassen hatte, erschienen etliche von jenen kurz vorher erwähnten ernsthaften Männern mit langen Knotenperrücken und Stäben mit bernsteinernen Knöpfen daran. Diese sind hier die Herumführer der Fremden und ihre Stäbe die *Insignien* oder Zeichen ihres Amtes. Wir nannten ihnen die Nahmen der verschiedenen Damen, denen wir verbunden waren, und bereiteten uns eben, ihnen zu folgen, als sie alle sich untereinander plötzlich starr ansahen und uns mit mürrischen Blicken schnell verließen. Wir erstaunten über dieses Betragen und riefen alsbald den Wirth herbey, welcher, als er die Ursache erfahren hatte, in ein herzliches Gelächter ausbrach und uns meldete, die Herren wären deßwegen entlaufen, weil wir sie nicht gleich bey ihrem Eintritt, wie es hier üblich wäre, bezahlt hätten. Wir antworteten mit einiger Verwirrung, wir hätten aus der andern Welt nichts mitgebracht, denn man hätte uns in unserem ganzen Leben gesagt, daß sey nicht erlaubt. »Nein, nein, mein Herr«, erwiderte der Wirth, »ich weiß das besser, und es ist wirklich meine Schuld. Ich hätte Euch erst zu dem Lord

Scrape* schicken sollen, der würde Euch mit dem Benöthigten versehen haben.« »Lord Scrape sollte uns mit etwas versehen haben!« erwiderte ich mit Erstaunen, »Ihr müßt ja doch wissen, daß wir ihm kein Pfand geben können, und ohne ein solches hat er, wie ich fest versichert bin, in seinem ganzen Leben keinen Schilling ausgeliehen.« »Nein, mein Herr«, antwortete der Wirth, »eben deßwegen ist er verbunden, es hier zu thun, wo er verurtheilet ist, eine Bank zu halten und allen Passagieren *umsonst* Geld auszutheilen. Diese Bank bestand ursprünglich aus eben der Summe, welche er in der andern Welt auf eine schurkische Art zusammengescharret hatte, und nun muß er sehen, wie dieselbe täglich zusehends um einen Schilling abnimmt, bis sie ganz erschöpfet ist; alsdann soll er in die andre Welt zurückkehren und die Rolle eines Geitzhalses siebenzig Jahre lang spielen; im Körper eines Schweines gereinigt, soll er dann wieder menschliche Gestalt annehmen, und darnach einen zweyten Versuch ablegen.« »Herr«, sprach ich, »Ihr erzählet mir Wunderdinge: wenn seine Bank täglich nur um einen Schilling abnehmen soll, wie kann er dann alle Passagiere versehen?« »Das übrige«, anwortete der Wirth, »wird sogleich wieder ersetzet; aber auf eine Art, die ich Euch nicht leicht erklären kann.« »Ich vermuthe«, sagte ich, »diese Austheilung seines Geldes ist ihm als eine Strafe auferlegt, aber ich begreife nicht, wie das dem Zweck entsprechen kann, da er weiß, daß es ihm wieder erstattet werden soll. Wäre es zu dieser Absicht nicht eben so gut, wenn er sich nur von einem Schilling trennte, und wirklich scheint er doch nicht mehr zu verlieren?« »Herr«, rief der Wirth, »wenn Ihr die Pein seht, womit er sich von jeder Guinee trennt, werdet Ihr einer andern Meinung seyn. Kein zum Tode verurtheilter Gefangener bettelte je so herzlich um seine Verbannung wie

* Wir bemerken hier ein für alle Mahl, daß im lobrednerischen Theile dieses Buches allezeit eine besondere Person gemeinet ist; im satirischen hingegen niemand.

er, als er nach seinem Urtheil um die Erlaubniß anhielt, sogleich zur Hölle zu fahren, wenn er nur sein Geld mitnehmen dürfe. Doch von dergleichen Dingen werdet Ihr mehr verstehen, wenn Ihr in der obern Welt ankommt; jetzt will ich Euch, wenn es Euch beliebt, zu dem Lord begleiten, der Euch mit dem, was immer Ihr verlangt, versehen muß.«

Wir fanden Seine Lordschaft sitzend am obersten Ende einer Tafel, auf der eine unermeßliche Summe Geldes lag, vertheilt in mehrere Haufen, deren jeder hingereicht hätte, um die Ehre gewisser Patrioten und die Keuschheit gewisser Spröden zu erkaufen. In dem Augenblicke, da er uns ersah, ward er bleich und seufzete, weil er unser Vorhaben vermuthen konnte. Mein Wirth trat zu ihm mit einer vertraulichen Miene, worüber ich mich anfänglich verwunderte, weil ich mich des Respects erinnerte, welchen Personen von viel höherem Stande als derselbe ihm ehemahls bewiesen hatten, und begrüßte ihn auf folgende Weise: »Hier Lord, verd–mt sey Eure kleine niederträchtige Seele, zahlet Euer Geld aus und verseht anständigere Leute mit dem, was sie bedürfen. Geschwind Kerl, oder ich werde den Zuchtmeister herbeyrufen. Bildet Euch nicht ein, daß Ihr wieder in der untern Welt seyd, mit Eurem Privilegium unter Eurem A–« Er schwenkte darauf einen Stock über dem Lord, welcher gleich das Geld auszuzahlen anfing, aber mit eben der jämmerlichen Miene, mit der seine bedrängten Schuldner ihm vormahls ihre Bankscheine zu überliefern pflegten. Dieß rührte einige von uns so sehr, daß wir gewiß nicht mehr angenommen haben würden, als wir zur Bezahlung der Stabträger bedurften, wenn nicht der unser Mitleiden bemerkende Wirth uns gebeten hätte, den Kerl ja nicht zu schonen, welcher, umgeben von unermeßlichen Reichthümern, stets den geringsten Beytrag für die Armen verweigert hatte. Diese Erinnerung verhärtete unsere Herzen, und wir alle füllten unsre Taschen mit seinem Gelde. Ich bemerkte unter andern einen poetischen Geist, der mit einem Schwur betheuerte, er würde einen tüchtigen Griff hinein thun; »denn«, sagte er, »der Schurke hat sich nicht allein geweigert, Vorschuß auf eines meiner Werke zu geben, sondern schickte auch meinen Brief unbeantwortet zurück, obgleich ich ein besserer Herr bin als er.«

Wir kehrten nunmehr von diesem jämmerlichen Gegenstande wieder zurück und bewunderten sowohl die Gerechtigkeit als die Art der Bestrafung, welche, wie unser Wirth erzählte, einzig und allein im Weggeben seines Geldes bestehe; er fügte hinzu, wir dürften uns über den Schmerz, den dieses dem Elenden verursache, nicht wundern, weil es eben so natürlich sey, daß die bloße Trennung vom Gelde ihn unglücklich mache, als der bloße Besitz seines Geldes, ohne es zu gebrauchen, ihn glücklich gemacht habe.

Andere Führer mit Knotenperrücken fanden sich nun (da die vorigen sich weigerten wieder zu kommen) bey uns ein; wir bezahlten sie, nach der Anweisung des Wirths, gleich bey ihrem Eintritt in das Zimmer, worauf sie sich bückten, lächelten und versprachen, uns zu jeder Krankheit zu führen, zu welcher wir wollten.

Wir betraten demnach, da jeder einer anderen Dame seine Aufwartung zu machen hatte, verschiedene Wege. Ich wies meinen Führer an, mich zu dem Fieber der Lebensgeister zu geleiten, weil diese Krankheit mich vom Fleische befreyet hatte. Ich ging mit ihm durch viele Straßen und klopfte an verschiedenen Thüren an, aber vergeblich. In einem wohnte, wie wir hörten, die Auszehrung, in einem andern die Krankheit A-la-Mode, eine französische Dame, im dritten die Wassersucht, im vierten das Schnupfenfieber, im fünften die Unmäßigkeit, im sechsten der Kummer. Ich war müde, und meine Geduld und beynahe auch mein Beutel war erschöpfet, denn ich hatte den Führer bey jedem seiner Versehen bezahlen müssen; bis dieser mir mit feyerlicher Miene meldete, er könne nichts mehr thun, und ohne weitere Ceremonien wegging.

Er war kaum weggegangen, als ich einem andern Herrn mit einem Amtsstab in der Hand begegnete. Ich bezahlte ihn erst und machte ihm dann den Nahmen meiner Krankheit bekannt. Er warf sich zwey oder drey Minuten in eine nachdenkliche Stellung, zog hernach ein Stück Papier aus seiner Tasche, worauf er etwas schrieb, vermuthlich in einer orientalischen Sprache, denn ich konnte keine Sylbe davon lesen; dieses hieß er mich in einen besonderen Laden tragen, sagte nunmehr, es würde meinem Zwecke dienen, und nahm seinen Abschied.

Ich ging also, weil ich glaubte, mich selbst führen zu können, getrost nach dem Laden, welcher einem Apothekerladen sehr ähnlich sah. Die Person, die darin amtierte, überlas das Papier, nahm ungefähr zwanzig Krüge herab, schüttete aus jeglichem etwas, machte aus allem eine Mixtur, welche sie mir in einer Flasche übergab, nicht ohne zuvor einen Zettel um deren Hals zu binden, der mit drey bis vier Worten beschrieben war, wovon der letztere aus elf Sylben bestand. Ich sagte ihm den Nahmen der Krankheit, die ich zu finden suchte; er aber antwortete weiter nichts als, er habe das Befohlene besorgt und die Species seyen vortrefflich.

Ich ward wüthend darüber, verließ den Laden mit zorniger Gebärde und wollte mein Wirthshaus aufsuchen. Da ich aber auf meinem Wege einem Führer von etwas freundlicherem Ansehen als die übrigen begegnete, beschloß ich, noch eine Probe zu machen, und drückte ihm die Gebühren in die Hand. Als ich ihm die Krankheit nannte, lachte er herzlich und versicherte mir, ich wäre hintergangen worden, denn eine solche Krankheit sey wirklich in der ganzen Stadt nicht zu finden. Hierauf fragte er nach den besonderen Umständen und sagte, als er sie vernommen hatte, die Krankheit A-la-Mode sey die Dame, der ich die Verbindlichkeit schuldig sey. Ich dankte ihm und machte mich alsbald auf den Weg, um ihr aufzuwarten.

Das Haus oder vielmehr der Pallast dieser Dame war

eins von den schönsten und prächtigsten Gebäuden in der Stadt. Der Zugang zu ihm war mit Sykomoren bepflanzet und hatte Blumenbeete an jeder Seite; er war äußerst anmuthig, aber kurz. Man führte mich durch eine prächtige Halle, die mit vielen, meistens verstümmelten Bildsäulen und Brustbildern verzieret war; ich schloß daraus, es seyen echte Antiken, ward aber belehrret, es seyen Abbildungen jüngerer Helden, die als Märtyrer für die Dame gestorben wären. Ich stieg nunmehr eine breite Treppe hinauf, an welcher verschiedene Personen in Caricatur abgemahlet waren, und erfuhr auf meine Nachfrage, es seyen Portraits von denjenigen, welche sich in der untern Welt gegen die Dame verdient gemacht hätten. Ich vermuthe, ich würde die Gesichter mancher Ärzte und Wundärzte hier erkannt haben, wenn sie vom Mahler nicht so gewaltsam wären verzerret worden. Er hatte wirklich in seiner Arbeit so viel Bosheit bewiesen, daß ich glaubte, er müsse von der Dame dieses Hauses mancherley Begünstigungen erhalten haben; eine Gruppe seltsamerer Figuren läßt sich schwerlich denken. Ich schritt sodann in ein weites Zimmer, wo Gemählde von Frauen rings umher hingen; sie waren so genau nachgebildet, daß ich geglaubt haben würde, in einer Gallerie von Schönheiten zu seyn, wenn nicht eine ganz eigene Blässe ihrer Gesichtsfarbe einen widerlichen Eindruck gemacht hätte. Durch dieses Zimmer schritt ich in ein anderes, welches mit Bildnissen alter Weiber, wenn ich so sagen darf, ausgezieret war. Wie ich über diese seltsame Ausstaffierung einige Verwunderung erkennen ließ, so sagte mir der Diener lächelnd, dieß seyen sehr gute Freundinnen seiner Gebietherinn gewesen, die ihr in der untern Welt vorzügliche Dienste geleistet hätten. Sogleich erinnerte ich mich der Gesichter von einer oder zweyen aus meiner Bekanntschaft, die ehedem Bordelle unterhalten hatten; ich erstaunte aber, daß ich in ihrer Gesellschaft ein Bild antraf, welches einer Dame von hohem Stande glich. Der Diener, als ich ihn dieß merken ließ, sagte, seine Dame habe Zeichnungen aus allen Ständen.

Nunmehr wurde ich bey der Dame selbst eingeführet. Sie war eine dünne oder vielmehr magere Person von blasser Farbe, hatte keine Nase und viele Pickel im Gesichte. Sie versuchte aufzustehen, als ich hereintrat, konnte sich aber nicht aufrecht halten. Nach vielen Complimenten, vielen Glückwünschen von ihrer und den wärmsten Dankbarkeitsversicherungen von meiner Seite, fragte sie mich allerley über den Stand ihrer Sache in der untern Welt; und ich beantwortete das meiste zu ihrer vollkommenen Zufriedenheit. Zuletzt sagte sie mit gerzwungenem Lächeln: »Mit den Pillen und Tropfen gehet es, denke ich, nach Wunsche?« Ich sagte ihr, man behaupte, es wären große Curen dadurch geschehen. Sie versetzte, sie befürchte von niemand eine Gefahr, der nicht eine regelmäßige Praxis habe; »denn«, sagte sie, »so einfältig auch die Menschen und so besorgt wegen des Todes sie auch immer wären, so wollten sie gewöhnlich lieber methodisch sterben als durch ein Geheimmittel genesen.« Dann drückte sie ihr großes Vergnügen aus, als ich ihr Nachricht von der feinen Welt gab. Sie sagte, sie selbst habe das Viertel von Drury bis zum Viertel von Charing-Cross fortgerückt und vernehme mit ganz außerordentlicher Freude, daß dasselbe seitdem bis nach St. James ausgedehnet worden sey; sie schreibe dieses hauptsächlich ihren theuren und würdigen Freunden zu, welche vor kurzem, um alle Begriffe von Religion und Tugend auszurotten, vortreffliche Schriften geschrieben hätten, besonders dem verdienstvollen Verfasser des Bachelor's Estimate, »dem ich,« sagte sie, »wenn ich nicht Ursache hätte zu vermuthen, daß er ein Chirurgus sey und deßwegen aus eigennützigen Absichten geschrieben habe, meine Verbindlichkeit niemahls würde genugsam abstatten können.« Sie sprach auch mit großem Beyfalle von der Gewohnheit vieler Eltern, ihre Kinder, wenn sie noch sehr jung wären und nicht die mindeste Zuneigung zwischen beyden Parteyen Statt fände, zu verheirathen, und schloß mit der Erklärung, wenn diese Mode sich noch ferner verbreiten sollte, so zweifle sie nicht, bald die einzige Krankheit zu seyn, welche von hohen Standespersonen Besuch erhalte.

Während unsrer Unterredung traten ihre drey Töchter in das Zimmer. Alle hatten rauhe Nahmen, die erste hieß Lepra, die zweyte Chaeras und die dritte Scorbutia*, und alle waren vornehm, aber häßlich. Ich konnte nicht umhin zu bemerken, wie wenig Respect sie gegen ihre Mutter hatten. Die alte Dame sah mir dieses am Gesichte an und meldete mir, als die Töchter bald wieder abgetreten waren, wie unglücklich sie über ihre Kinder sey, deren jedes die Dreystigkeit hatte, abzuleugnen, daß sie ihre Kinder seyen, obgleich sie eine sehr gütige Mutter gewesen sey und für alle reichlich gesorget hätte. Da häusliche Klagen meistens dem, der sie anhöret, so langweilig als sie dem, der sie erhebt, erleichternd sind, und es schien, daß sie sich noch weiter darüber auslassen würde, so beschloß ich, meinem Besuch ein Ende zu machen, und nahm mit vielen Danksagungen für die erwiesene Gunst meinen Abschied. Ich kehrte zu meinem Wirthshause zurück und fand meine Reisegefährten gerade mit dem Einsteigen in ihr Fuhrwerk beschäftigt. Ich drückte dem Wirthe die Hand und folgte ihnen in die Kutsche, die sogleich ihre Reise fortsetzte.

* Diese Damen hatten, wie ich aus ihren Nahmen schließe, die Aufsicht über den *Aussatz*, die *Kropfsucht* und den *Scharbock*.

Viertes Capitel

Gespräche auf dem Wege und eine
Beschreibung vom Pallast des Todes.

Wir alle schwiegen etliche Minuten, bis ich, nachdem wir auf unsern Sitzen tüchtig geschüttelt worden waren, zuerst den Mund öffnete und erzählte, was mir seit unsrer Trennung in der eben verlassenen Stadt begegnet war. Die übrige Gesellschaft that ein Gleiches, nur mit Ausnahme des ernsten weiblichen Geistes, welcher, wie der Leser sich erinnern wird, die Krankheit nicht hatte angeben wollen, wodurch ihre Auflösung erfolgt war. Es würde lästig seyn, wenn ich alles der Länge nach hererzählen wollte; ich will mich also begnügen, nur einen merkwürdigen Groll zu erwähnen, den die Überladung gegen alle andern Krankheiten äußerte, besonders gegen das Fieber, welches, wie sie sagte, durch die Schurkerey der Führer Anerkennungen von zahllosen Passagieren erhielte, die doch ihr selbst gebührten. »Freylich«, so fuhr sie fort, »begehen diese rohrköpfigen Kerle« (so nannte sie sie, vermuthlich mit Anspielung auf ihr Abzeichen) »immer solche Fehler; bey ihnen ist gar keine Dankbarkeit zu finden, denn ich bin sicher, sie schulden mir mehr als jeder anderen Krankheit, ausgenommen den Blähungen.« Diese Unterredungen waren kaum geendiget, da meldete uns einer aus unsrer Mitte, daß wir uns dem edelsten Gebäude näherten, das er je gesehen habe, und das war, wie der Kutscher uns sagte, der Pallast des Todes. Seine Außenseite war allerdings höchst prächtig. Die Bauart war die Gothische, unermeßlicher als in jeder Einbildung bestand der ganze Bau aus schwarzem Marmor. Reihen gewaltiger Eibenbäume formierten um ihn her ein Amphitheater von solcher Höhe und Dichte, daß kein Sonnenstrahl jemahls diesen Hain durchdringen konnte und schwarze ewige Dunkelheit geherrscht hätte, wenn nicht unzählbare, pyramidenförmig umher angebrachte Lampen dieselbe vertrieben hätten, so daß das Brechen ihres Schimmers auf dem auswendig reich vergoldeten Pallaste einen unbegreiflich feyerlichen Eindruck hinterließ. Ein dumpfes Gemurmel der Winde ließ sich um den Hain und das Brausen von Wellen in der Ferne hören. Überhaupt schien es, daß jede Umgebung mitwirkte, um das Gemüthe beym Annähern zum Pallaste mit Schauder und Bestürzung zu erfüllen. Wir hatten ihn kaum einige Zeit bewundert, als unser Fuhrwerk beym Thore anhielt und man uns anwies, auszusteigen und Seiner Allertödlichsten Majestät (das scheinet der gewöhnliche Titel des hiesigen Herrschers zu seyn) unsre unterthänigste Ehrfurcht zu bezeigen. Der äußere Vorhof war voller Soldaten, und überhaupt hatte das Ganze eine große Ähnlichkeit mit dem Hofstaat eines irdischen Monarchen, war aber viel prächtiger. Wir gingen durch etliche Vorhöfe in eine weite Halle, welche zu einer breiten Treppe führte, an deren unterem Ende zwey Pagen mit sehr ernsthaften Gesichtern standen; hernach erinnerte ich mich, daß sie einst berühmte Leichenbestatter gewesen seyen. Sie waren wirklich die einzigen grämlichen Gesichter, die man hier antraf; denn so schauderhaft und fürchterlich dieser Palast von außen ist, so lieblich und heiter ist er von innen, so daß sogleich alle trüben und düsteren Vorstellungen verschwanden, die wir uns beym Herannahen gemacht hatten. Das Stillschweigen, welches man unter den Gardisten und Bedienten spürte, glich freylich dem glanzvollen Gepränge der morgenländischen Höfe; aber in jedem Gesicht erschienen solche Zeichen der Behaglichkeit und Seligkeit, daß eine gewisse Heiterkeit sich davon überall hin verbreitete. Wir stiegen die Treppe hinauf und gingen durch mehrere herrliche Zimmer; hier waren die Wände mit Tapisserien behangen, worin allerley Schlachtstücke gewirket waren, und wir hielten uns eine Zeitlang auf, um sie zu betrachten. Dabey kamen mir die schönen Bataillenstücke in den Sinn, die ich während meines Lebens zu

Blenheim gesehen hatte, und ich konnte mich der Nachfrage nicht erwehren, wo die Siege des Herzogs von Marlborough angebracht wären (denn das waren fast die einzigen mir durch meine Lectüre bekannten berühmteren Schlachten, die ich nicht sah); als das Skelett eines Leibgardisten den Kopf schüttelte und sagte, daß ein gewisser Herr, Ludwig der XIV., der bey Seiner Allertödlichsten Majestät viel gelte, das Aufhängen derselben verhindert hätte. »Überdem«, so sagte er, »hat Seine Majestät keine große Achtung für diesen Herzog, denn dieser schickte ihm niemahls auch nur einen Untergebenen, wenn er es vermeiden konnte, noch bekam mein Herr jemahls einen einzelnen Mann durch ihn, ohne dagegen tausend andere verloren zu haben.« Wir fanden den Audienzsaal bey unsrer Ankunft ganz voll, und ein Gemurmel ließ sich darin vernehmen, wie in allen solchen Versammlungen, ehe die Hauptperson eintritt, denn Seine Majestät war noch nicht zugegen. Am Ende des Saales waren zwey Personen in vertrautem Gespräche begriffen, die eine hatte einen schwarzen viereckigen Huth auf dem Kopfe, und die andre trug ein mit Feuerflammen gesticktes Kleid. Diese waren, wie man mir sagte, ein längst verstorbener Richter und ein General-Inquisitor. Ich konnte deutlich vernehmen, daß sie mit großer Heftigkeit disputierten, ob der eine mehr Menschen gehenkt oder der andere mehr verbrannt hätte. Unterdessen, als ich auf diesen Streit Acht gab, welcher, wie es schien, nicht so bald entschieden werden konnte, trat der Allbeherrscher in den Saal und setzte sich zwischen zwey Figuren nieder, deren eine durch ihr rauhes Wesen und deren andere durch die Schönheit ihrer Erscheinung ausgezeichnet war; nämlich zwischen Carl dem XII. von Schweden und Alexander von Macedonien. Ich war so weit entfernt, daß ich nichts von ihrer Unterredung verstehen konnte, befriedigte aber meine Neugierde durch das Anschauen der gegenwärtigen Personen, deren Nahmen ich von einem Pagen erfuhr, der so blaß und mager als irgend ein Hofpage in der andern Welt, aber doch etwas bescheidener aussah. Dieser zeigte mir auch zwey oder drey Türkische Sultane, welchen Seine Allertödlichste Majestät sehr viel Höflichkeit bewies. Hier waren auch einige der Römischen Kaiser, von denen keinem, wie es schien, so sehr geschmeichelt wurde wie dem Caligula, wegen, wie der Page sagte, seines frommen Wunsches, alle Römer durch einen einzigen Hieb hierher senden zu können. Der Leser wundert sich vielleicht, daß ich keine Ärzte hier sah, und ich selbst wunderte mich auch darüber, bis ich vernahm, daß alle nach der Stadt der Krankheiten gereiset seyen und daselbst mit einem Experimente beschäftiget, die Unsterblichkeit der Seele auszutreiben.

Es würde verdrießlich fallen, die vielen Personen anzuführen, welche ich hier erblickte, allein eine fette Gestalt muß ich doch erwähnen, die nach französischer Mode gut gekleidet war und von dem Allbeherrscher außerordentlich huldreich empfangen wurde. Ich dachte, es sey Ludwig der XIV. selbst, aber der Page erklärte sie für einen berühmten französischen Koch.

Endlich wurden wir Seiner Majestät vorgeführt und hatten die Ehre, zum Handkusse gelassen zu werden. Seine Majestät legte uns wenige Fragen vor, die keine Erwähnung verdienen, und zog sich bald zurück.

Als wir in den Hof kamen, war unsere Carawane zum Aufbruche fertig; auch wir erklärten, wir seyen bereit dazu, denn wir waren ungeachtet des äußeren Glanzes und Gespränges des Hofes seiner Förmlichkeiten ganz müde geworden.

Fünftes Capitel

Die Reisenden ziehen weiter und begegnen verschiedenen Geistern, die wieder ins Fleisch einkehren sollen.

Wir kamen nun an das Ufer des großen Flusses Cocytus, wo wir unser Fuhrwerk verließen, ein Boot bestiegen und über das Wasser fuhren; den übrigen Theil des Weges mußten wir zu Fuß zurücklegen. Jetzt trafen wir zum ersten Mahle mehrere Passagiere an, welche nach der von uns kürzlich verlassenen Erde reiseten und, wie sie uns sagten, Seelen waren, die wieder ins Fleisch einkehren sollten.

Die beyden ersten, die uns begegneten, gingen Hand in Hand und waren in einem geheimen, sehr freundlichen Gespräche verwickelt; sie sagten uns, einer von ihnen sey zu einem Herzog bestimmt, und der andere, ein Miethkutscher zu werden. Da wir an dem Orte, wo man die Leidenschaften ablegen muß, noch nicht gewesen waren, befremdete uns diese Vertraulichkeit zwischen Leuten von so sehr verschiedenen Ständen; selbst die ernsthafte Dame konnte ihr Erstaunen darüber nicht zurückhalten. Der künftige Kutscher versetzte darauf mit Lachen, sie hätten ihre Loose gegen einander vertauschet, denn der Herzog habe auf dem seinigen noch ein zänkisches Weib, er selbst aber den ehelosen Stand gehabt.

Wie wir etwas weiter fortgingen, begegnete uns ein feyerlicher Geist, der ganz allein und mit großem Ernst in den Mienen einherging; so zurückhaltend er auch zu seyn schien, so reitzte uns doch die Neugierde, ihn nach seinem Loose zu fragen. Er antwortete lächelnd, ihm sey der Ruf eines weisen Mannes nebst hunderttausend Pfund Sterling in der Tasche zugefallen, und er übe sich vorläufig in der feyerlichen Rolle, die er in der andern Welt zu spielen habe.

Etwas weiter hin fanden wir eine Gesellschaft sehr luger Geister und bildeten uns ob ihrer Fröhlichkeit ein, sie hätten ein sehr hohes Loos gezogen, aber durch Nachfragen bey ihnen erfuhren wir, daß sie Bettler werden sollten.

Je weiter wir fortgingen, desto mehr Menschen trafen wir an; und nun entdeckten wir zwey breite Wege, die in verschiedene Richtungen führten und sehr verschieden aussahen; der eine war rauh und holperig von Steinen, an vielen Stellen morastig und überall mit Dornsträuchern bewachsen, folglich nicht ohne die größte Gefahr und Beschwerde zurückzulegen; der andere hingegen war der angenehmste, den man sich vorstellen kann, und führte durch grüne Wiesen, die mit Blumen, welche den lieblichsten Geruch von sich gaben, gleichsam bemahlet waren; kurz, die üppigste Einbildungskraft könnte nichts Reitzenderes erschaffen. Und dennoch drängten sich – zu unserer Verwunderung – große Haufen Wanderer auf dem ersten Wege, und nur zwey oder drey einsame Geister wählten den letzten. Wir fragten nach der Ursache und vernahmen, der schlechte Weg sey der Weg zur Größe und der andere der Weg zur Güte. Wie wir unsere Verwunderung über diese Bevorzugung zu erkennen gaben, vernahmen wir, der erste werde von vielen deßwegen gewählet, weil diejenigen, welche ihn zögen, fortwährend vom Schalle der Pauken und Trompeten und von Beyfallsrufen der Menge begrüßt würden. Zugleich erfuhren wir, daß auf demselben einige herrliche Palläste anzutreffen wären, welche von den wenigen, die die Beschwerlichkeiten des Weges überstanden hätten, besehen und bewohnet werden könnten, auch befänden sich in denselben große Vorräthe von Schätzen aller Art; die zweyte Straße aber habe fast nichts, was sie empfehle (außer der Schönheit der Gegenden), und es sey auf ihrer ganzen Strecke kaum ein schönes Gebäude zu erblicken, außer einem einzigen, das einem gewissen Haus zu Bath sehr ähnlich sähe; endlich halte man es auch für schimpflich und kleingeistig, die letztere Straße, aber für höchst edel und rühmlich, die erste zu wählen.

Plötzlich hörten wir ein schreckliches Getöse und sahen, als wir vorwärts blickten, eine große Anzahl Geister einen einzigen verfolgen und ihn auf alle nur ersinnliche Weise necken und aushöhnen. Ich kann dem Leser keinen angemesseneren Begriff davon geben, als wenn ich es mit dem Auftritte vergleiche, wenn ein Englischer Pöbel einen ertappten Taschendieb zum Wasser schleppet oder wenn ich den Fall setze, die aufgebrachte Versammlung im Schauspielhause habe den unglücklichen verurtheilten Poeten in seine Gewalt bekommen. Das war ein Auslachen, Zischen, Pfeifen, Grunzen, Blöken, Bespeyen, Kothwerfen! Wir konnten dieses unmöglich ansehen, ohne uns zu erkundigen, was das für ein armer Geist sey, dem man so barbarisch mitspiele, und erfuhren zu unserem großen Erstaunen, es sey ein König, und auf diese Art pflegen die Geister diejenigen zu behandeln, welche die Loose von Kaisern, Königen und dergleichen gezogen hätten, und zwar nicht aus Neid oder Zorn, sondern aus Hohn und Verachtung aller irdischen Größe; und darum sey nichts gewöhnlicher, als daß solche, welche dergleichen (nach unserer Meinung) hohe Loose bekommen hätten, dieselben für die Loose von Schneidern und Schuhflickern austauschten. Alexander der Große und Diogenes hätten es so schon vor Alters gethan; denn derjenige, der nachmahls Diogenes wurde, sey ursprünglich unter das Loos eines Alexanders gefallen.

Auf einmahl hörte nun das Necken und Spotten auf, der Königs-Geist erlangte Gehör und sprach wie folget. Wir konnten, da wir nahe genug waren, alle Worte deutlich vernehmen: –

»Meine Herren! – Ich erstaune mit Recht über die Art, wie Ihr mich behandelt, denn das Loos, welches ich gezogen habe, hatte ich nicht gewählet; wenn es also Verachtung verdienet, so solltet Ihr mich billig bedauern, weil es ja auch einem von Euch hätte zufallen können. Ich weiß wohl, in welchem schlechten Licht der mir vom Schicksal angewiesene Posten hier angesehen wird, und daß er, wenn keine Ehrliebe ihn aufrecht erhält, insgemein so unerträglich wird, daß man ihn fast gegen jeden andern Stand mit Freuden vertauschen möchte: denn welches Loos ist in der Welt, wohin wir übergehen, so elend als das Loos der Sorge? Glaubte ich deßwegen, ich würde durch dasselbe wesentlich über Euch erhöhet oder gehörte zu einer höheren Ordnung der Wesen als meine Mitgeschöpfe, bildete ich mir thörichter Weise ein, ich sey ohne Weisheit über die Weisen, ohne Kenntnisse über die Gelehrten, ohne Muth über die Tapferen, ohne Güte und Tugend über die Guten und Tugendhaften erhaben, so würde ein solcher widersinniger und abgeschmackter Stolz mich mit größtem Rechte lächerlich machen. Allein fern sey es von mir, einen solchen Stolz zu hegen. Und dennoch, meine Herren, schätze ich mein Loos, das ich gezogen habe, hoch und würde es mit keinem der Eurigen vertauschen, da es sie alle weit übertrifft. Die Ehrliebe, wovon ich, wie ich gern gestehe, eingenommen bin, lehret mich dieses; die Ehrliebe, die mich nach Ruhm streben heißt, versichert mich, ich werde einen viel größern Antheil desselben erlangen, als Ihr alle entweder verdienen oder erreichen könnet. Ich bin also erhabner als Ihr alle, wenn ich das Vermögen besitze, mehr Gutes zu thun als Ihr alle, und wenn ich dieses Vermögen ausübe. Was der Vater seinem Sohn, der Vormund dem Mündel oder der Patron dem Clienten ist, das bin ich Euch. Ihr seyd meine Kinder, und ich will Euer Vater, Vormund und Patron seyn. An keinem Abend meiner langen Regierung (denn lang wird sie dauern) will ich mich zur Ruhe begeben, ohne den glorreichen herzerwärmenden Gedanken, daß Tausende in dieser Nacht ihre süßeste Ruhe mir verdanken. Was für ein herrliches Glück ist es für denjenigen, dessen stärkste Begierde darauf geht, Gutes zu thun, daß er täglich Gelegenheit und Macht hat, dieselbe zu befriedigen! Hat ein solcher Mann Ehrliebe, wie glücklich ist er alsdann eben dadurch, weil er einen so hohen Standort hat, daß jede seiner Handlungen in die Augen fällt und ihm Lob, weder von Spott noch von Schmeichelreden befleckt, zuziehet, nur solches, woran die gefühlvollste und zärtlichste Seele Vergnügen haben kann! Insofern also, weil Euer Glück sich von mir ableitet, bin ich über Euch erhaben. Wenn Ihr meiner strengen Austheilung der Gerechtigkeit die Sicherung eures Eigenthums gegen einheimische Feinde verdanket, wenn Ihr durch meine Wachsamkeit und Tapferkeit gegen fremde Feinde verteidigt werdet, wenn alle Wissenschaften und Künste, die das Leben verschönern und versüßen können, dadurch, daß ich echten Fleiß ermuntere, unter Euch entstehen und blühen, wird alsdann jemand so unempfindlich und undankbar seyn, demjenigen, durch dessen Sorgen und Leitung Ihr diese Segnungen genießet, Lob und Ehrfurcht zu versagen? Ich wundere mich nicht über den Tadel, der Männer meines Ranges so oft trifft; aber ich wundere mich darüber, daß sie den Tadel so oft verdienen. Welche sonderbare Verkehrtheit der Natur! Welches freche Vergnügen am Frevel muß den ganz angestecket haben, welcher, indem er Unrecht thut, Gefahr, Schwierigkeiten und Schande der Sicherheit, Gemächlichkeit und Ehre, die er durch Rechtthun erhalten könnte, vorziehet, welcher Glück in der anderen Welt und den Himmel in dieser gegen Elend in jener und die Hölle hier hingibt? Meine Gesinnungen aber sind, ich versichere es Euch, gänzlich davon verschieden. Ich will auf die Ruhe, das Glück und den Ruhm meines Volkes allezeit bedacht seyn und hege das feste Vertrauen, daß, wenn ich das thue, ich das beste Mittel, alle jene Vortheile mir selbst zu verschaffen, gewählet habe.«

Und nun eilte der Redner sogleich auf die Straße der Güte und ward von allen Anwesenden mit einem solchen Hurra des Beyfalls, als ich niemahls gehöret hatte, beehret.

Er war noch nicht weit, da hinkte ein anderer Geist ihm nach und schwor, er werde ihn zurückhohlen. Dieser Geist hatte, wie man mir sogleich berichtete, das Loos gezogen, sein erster Minister zu werden.

Sechstes Capitel

Eine Beschreibung des Glücksrades, nebst der Methode, wie die Geister für diese Welt vorbereitet werden.

Wir setzten nunmehr unsre Reise fort, ohne hier länger zu verweilen, um zu erfahren, ob er sein Wort gehalten habe oder nicht; und ohne daß uns etwas begegnete, das anzuführen merkwürdig genug wäre, gelangten wir an den Ort, wo die Geister vor ihrem Übergange in die andere Welt loosen müssen, was für Rollen sie daselbst zu spielen haben. Hier war ein ungeheures Rad, unermeßlich größer als diejenigen, worin man Lotterieloose stecket. Man nannte es das RAD DES GLÜCKES. Die Göttinn Fortuna selbst war zugegen. Sie war eines der häßlichsten Weibsbilder, das ich jemahls gesehen habe; und dabey bemerkte ich, daß sie ein sehr verdrießliches Gesicht machte, wenn ein schöner Geist ihres Geschlechts vorbeyging, sowohl als ihre Heiterkeit und Fröhlichkeit, wenn ein schöner männlicher Geist sich näherte. Ich fand hier eine von mir ehemahls auf der Erde gemachte Bemerkung wieder bestätiget, daß nichts glücklicher als schöne Männer und nichts unglücklicher als schöne Frauen sey. Es wird dem Leser vielleicht angenehm seyn, hier eine Nachricht von der Art und Weise zu finden, wie die Geister zum Eingang in das Fleisch ausgerüstet werden.

Zuerst empfängt der Candidat von einem sehr weise aussehenden Mann, der die Miene eines Apothekers hat (so wie auch sein Magazin einer Apotheke gleicht), ein Fläschchen mit der Inschrift: DER PATHETISCHE TRANK, um es zunächst vor seiner Wiedergeburt auszuleeren. Dasselbe enthält ein Gemisch aller Leidenschaften, aber in keinem richtigen Verhältnisse, so daß bald die eine, bald die andere die Oberhand hat; ja oft wird, wie wir hörten, bey der Eile, womit die Zubereitung geschiehet, eine Hauptingredienz wohl gar weggelassen. Zu gleicher Zeit empfängt der Geist noch eine andere Arzeney, die man den NOUSOPHORISCHEN ABSUD nennt, um davon *ad libitum* zu trinken. Dieser ist ein Extract aus den Kräften des Verstandes, bald außerordentlich stark und geistreich, bald aber eben so schwach; denn man beweiset wenig Sorgfalt in der Verfertigung desselben. Er ist so bitter und unangenehm, daß manche Geister, ungeachtet es sehr heilsam ist, sich nicht bereden lassen, auch nur einen Tropfen davon zu nehmen, sondern das Fläschchen entweder wegwerfen oder es einem andern hingeben, der dazu Belieben hat; und daher kommt es, daß diejenigen, welche sein Ekelhaftes nicht abschreckt, eine doppelte oder dreyfache Dosis einnehmen. Ich sahe, wie ein junges schönes Frauenzimmer den Trank aus Neugierde alsbald kostete, aber nun das Gesicht verzog und ihn mit höchstem Unwillen von sich warf; sie ging darauf zum Rade, zog eine Krone als ihr Loos und steckte sie so eifrig ein, daß ich den Grad des von derselben bezeichneten Ranges nicht unterscheiden konnte; und in der That bemerkte ich auch andere von dem nähmlichen Geschlechte, die nach einem kleinen Schlückchen die Flaschen sogleich von sich warfen.

Sobald der Geist von dem Apotheker entlassen ist, hat er die Freyheit, sich dem Rade zu nähern, und das Recht, ein einzelnes Loos herauszuziehen; denjenigen aber, die Fortuna begünstiget, erlaubt sie zuweilen drey oder vier insgeheim zu ziehen. So sah ich eine komische Figur, welche eine ganze Handvoll herauszog, und diese enthielten, als sie geöffnet waren, einen Bischof, einen General, einen Geheimen Rath, einen Schauspieler und einen gekrönten Dichter; er gab die drey ersten zurück und ging lächelnd mit den zwey letzten fort.

Jedes einzelne Loos enthält zwey oder mehr Artikel, welche gemeiniglich ein solches Verhältniß haben, daß die Loose dadurch einander so gleich als möglich werden; auf einem stand geschrieben: GRAF, REICHTHUM, GE-

SUNDHEIT, UNRUHE; auf einem andern: SCHUHFLICKER, KRÄNKLICHKEIT, GUTE LAUNE; auf einem dritten: DICHTER, VERACHTUNG, SELBSTZUFRIEDENHEIT; auf einem vierten: GENERAL, EHRE, MISSVERGNÜGEN; auf einem fünften: BAUERNHÜTTE, GLÜCKLICHE LIEBE; auf einem sechsten: SECHSSPÄNNIGE KUTSCHE, UNVERMÖGENDER EIFERSÜCHTIGER GATTE; auf einem siebenten: ERSTER MINISTER, UNGNADE; auf einem achten: PATRIOT, RUHM; und auf einem neunten: PHILOSOPH, ARMUTH, SEELENRUHE; auf einem zehnten: KAUFMANN, REICHTHUM, SORGE. Überhaupt fand sich hier eine solche Vermischung des Guten und des Bösen, daß eine Wahl mich sehr verlegen gemacht haben würde. Ich darf hier nicht vergessen, daß auf jedem Loos auch noch angeführt war, ob sein Empfänger sich verehelichen oder in der Ehelosigkeit verbleiben werde; das Zeichen der Heirathsloose war ein großes Paar Hörner.

Ehe wir diesen Ort verließen, mußte jeder von uns sich ein Brechmittel von dem Apotheker geben lassen, welches uns sogleich von allen unsern irdischen Leidenschaften reinigte. Es ging uns, wie einst dem Aeneas beym Virgil durch die Hilfe seiner Mutter Venus; der Nebel, der bisher unsre Augen bedeckt hatte, verschwand, und wir sahen alle Gegenstände in viel klarerem Lichte als vorher. Nun bedauerten wir jene Geister, die ins Fleisch zurückkehren sollten, die wir noch vor kurzem insgeheim beneidet hatten, und wir sehnten uns heftigst nach den angenehmen Ebenen, die sich jetzt unsern Blicken öffneten, und eilten mit größter Begierde auf sie zu. Auf unserem Wege begegneten uns noch einige Geister mit sehr niedergeschlagenen Gesichtern; aber unsre Eile erlaubte uns nicht, Fragen an sie zu richten.

Endlich langten wir beym Thore von Elysium an. Hier war eine ungeheure Menge von Geistern versammelt, die die Einlassung erwarteten, einige wurden auch eingelassen, andere aber abgewiesen; denn der Thorhüter, welchen ich bald für den berühmten Richter Minos erkannte, befragte alle vorher auf das Genaueste.

Siebentes Capitel

Verfahren des Richters Minos beym
Thore von Elysium.

Ich kam dem Thore nunmehr nahe genug, daß ich die Anforderungen derjenigen, welche hereingelassen zu werden verlangten, hören konnte. Der Vorderste führte unter andern Gründen an, er sey sehr freygebig gegen ein Hospital gewesen; aber Minos erklärte dieses für Prahlerey und wies ihn ab. Der zweyte betheuerte, er habe seine Kirche immer fleißig besuchet und habe die Fastentage streng befolget; die Laster anderer habe er tödlich gehaßt und heftig getadelt und sich schlechterdings niemahls der Hurerey, Trunkenheit, Fresserey oder anderer Ausschweifungen schuldig gemacht. Er habe sogar seinen Sohn enterbet, weil der einen Bastard erzeuget habe. »Habt Ihr das gethan?« sagte Minos, »wohlan, so kehrt in die andere Welt zurück und zeugt einen andern; denn ein solch unnatürlicher Schurke wird hier nicht eingelassen.« Ein Dutzend andere, die mit sehr zuversichtlicher Miene herangekommen waren, kehrten, da sie ihn zurückgewiesen sahen, von selbst zurück; sie äußerten, wenn jener nicht eingelassen werde, so erhofften auch sie nichts, und folgten ihm auf dem Weg zur Erde nach; dieß war das Schicksal aller Abgewiesenen, sie mußten sich einer neuen Reinigung unterwerfen; diejenigen aber, welche abscheulicher Verbrechen schuldig waren, wurden durch eine kleine Hinterthüre gestoßen, wo sie augenblicklich in den Abgrund der Hölle hinabstürzten.

Der nächste Geist, der herankam, erklärte, er habe in der Welt weder Gutes noch Böses gethan; denn seit Erreichen seines Mannesalters habe er alle seine Zeit auf die Suche von Sonderbarkeiten verwendet; besonders auf das Studium von Schmetterlingen, von denen er eine unzählige Menge zusammengebracht habe. Minos antwortete ihm nichts, sondern schob ihn sehr verächtlich zurück.

Nun kam ein in der That sehr schöner Geist herzu. Sie beliebäugelte den Minos, so bald sie ihn erblickte, und sagte, sie hoffe, es sey verdienlich, daß sie eine Menge von Liebhabern, da sie unter hundert hätte wählen können, ausgeschlagen habe und als Jungfer gestorben sey. Minos antwortete ihr, sie habe noch nicht genug ausgeschlagen, und wies sie zurück.

Ihr folgte ein Geist, der dem Richter sagte, er glaube, seine Werke würden für ihn sprechen. »Was für Werke?« fragte Minos. »Meine dramatischen«, erwiderte jener, »die durch Anpreisung der Tugend und Bestrafung des Lasters so viel Nutzen gestiftet haben.« »Sehr wohl«, sagte der Richter, »bleibet nur hier stehen, der erste, der durch Euer Zuthun das Thor passieret, soll Euch mit sich nehmen; allein, falls Ihr meinem Rathe folgen wolltet, so würdet Ihr die Sache mehr beschleunigen, wenn Ihr zurückginget und ein zweytes Leben auf Erden anträtet.« Der Barde murrte darüber und sagte, er habe außer seinen poetischen noch andere gute Werke anzuführen: so habe er einst den ganzen Gewinn einer Benefizvorstellung einem Freunde geliehen und dadurch denselben nebst seiner Familie vom Untergange gerettet. Darauf flog das Thor auf, Minos hieß ihn hineingehen und sagte, wenn er das zuerst erwähnt hätte, so hätte er die Erwähnung seiner Schauspiele sparen können. Der Dichter antwortete, er glaube, wenn Minos seine Werke gelesen hätte, würde er ihnen einen höhern Wert beylegen. Er wollte schon wieder beginnen, als Minos ihn vorwärts trieb und, ihm den Rücken zukehrend, sich zum nächsten Ankömmling wendete, einem sehr artigen Geist, der einen recht tiefen Bückling vor dem Minos machte, alsdann eine gerade Stellung annahm und die rechte Hand eben so bewegte, als wenn er eine Prise nehmen wollte. Minos fragte ihn, was er für sich anzubringen habe. Er antwortete, er wolle mit jedem Geist im Elysium ein Menuett tanzen, auch verstehe er sich auf alle andren ritterlichen Übungen sehr gut und hoffe, er habe in seinem Leben den Ruf eines vollkommen feinen Herrn verdient. Minos versetzte, es würde schade seyn, wenn man die Welt eines so feinen Herrn berauben wollte, und riet ihm, den Rückweg anzutreten. Der Beau bückte sich, dankte dem Richter und sagte, er verlange nichts Besseres. Einige Geister verriethen großes Erstaunen über seine Zufriedenheit, aber wir erfuhren hernach, daß er das oben erwähnte Brechmittel nicht eingenommen habe.

Nun kroch ein elender alter Geist heran, dessen Gesicht ich ehedem bey der Westminster-Abtey gesehen zu haben glaubte. Er unterhielt den Minos in einer langen Ansprache über sein Verhalten im Parlament und fing dann an, ihn von seinem hohen Werth zu belehren, ohne ein einziges Beyspiel einer guten Handlung anzuführen. Minos unterbrach ihn mitten im Strome seines Vortrags und erklärte ihm, er müsse zurückwandern. »Was, zum S-hause?« sagte der Geist ganz entsetzt; allein der Richter antwortete ihm nichts, sondern wandte sich zu einem andern, welcher ihm mit einer feyerlichen Miene und großer Würde meldete, daß er ein Herzog sey. »Rechts herum, Herr Herzog«, rief Minos ihm zu, »Ihr seyd für Elysium gar zu groß«, gab ihm einen Tritt vor den Steiß und kehrte sich zu einem Geiste, der mit Zittern und Beben bath, nicht in den höllischen Abgrund geworfen zu werden. Er sagte, Minos möge bedenken, daß er zwar den Irrweg betreten, aber auch dafür gebüßet habe – die Noth habe ihn gezwungen, achtzehn Pence zu rauben, was er zugebe, und deßwegen sey er gehenkt worden –, daß er jedoch einiges Gute in seinem Leben gethan, daß er einen alten Vater durch seine Arbeit ernähret, Zärtlichkeit gegen seine Gattinn und Liebe gegen seine Kinder bewiesen, und daß er sich durch eine Bürgschaft für einen Freund zugrunde gerichtet habe. Bey diesen Worten öffnete sich das Thor, Minos geboth ihm hineinzugehen und klopfte ihm auf den Rücken, als er bey ihm vorbeyging.

Nun kam ein großer Haufen Geister herbey, und alle gaben an, sie hätten eine und dieselbe Anforderung und ihr Hauptmann solle für sie alle sprechen. Dieser erzählte dem Richter, sie seyen allesammt im Dienste ihres Vaterlandes erschlagen worden. Minos wollte sie eben einlassen, als ihn die Neugierde zu fragen bewog, wer der Angreifer gewesen wäre, damit er dem, wie er beyfügte, die Hinterthüre öffnen lasse. Der Hauptmann antwortete, sie selbst wären die Angreifer gewesen – sie wären in Feindes Land eingefallen und hätten viele Städte geplündert und verbrannt. »Und aus welchem Grunde?« fragte Minos. »Auf das Commando dessen, der uns den Sold gab«, sagte der Hauptmann, »denn so ist es für einen Soldaten billig. Wir müssen ausführen, was uns befohlen wird, sonst würden wir eine Schande für die Armee seyn und unsern Sold kaum verdienen.« »Ihr seyd wirklich brave Burschen«, sagte Minos, »aber schwenket Euch, wenn's beliebet, gehorcht auch einmahl meinem Commando und kehrt zurück in die andere Welt: denn was sollen Leute wie Ihr hier thun, wo keine Städte niederzubrennen und keine Menschen zu verderben sind? Nehmet dabey auch meinen Rath an, habt künftig mehr Achtung für die Wahrheit und nennet die Verheerung anderer Länder keinen Dienst an eurem Vaterland.« Der Hauptmann antwortete ganz wüthend: »Verd-mt! Bezichtiget Ihr mich der Lüge?« – und wollte Minos eben bey der Nase fassen, als dessen Wachen ihm zuvorkamen und ihn nebst seinen Begleitern auf den Weg, woher sie gekommen waren, zurücktrieben.

Vier Geister – Vater, Mutter und zwey Kinder – erzählten darauf dem Richter, sie seyen in Armuth vor Hunger gestorben, sie wären ehrlich und so fleißig als möglich gewesen, bis eine Krankheit den Mann an der Arbeit gehindert hätte. »Das alles ist wahr«, rief ein ernsthafter dabey stehender Geist. »Ich kenne die Geschichte, denn diese armen Leute standen unter meiner Seelsorge.« »Ihr waret vermuthlich der Pfarrer ihres

Kirchspieles«, rief Minos, »und hattet hoffentlich eine gute Pfründe?« »Sie war«, versetzte der Angeredete, »nur schlecht, doch hatte ich noch eine etwas bessere.« – »Sehr wohl«, sagte nun Minos, »laßt die armen Leute passieren.« Da schritt der Pfarrer mit gravitätischen Schritten vor ihnen her; aber Minos ergriff ihn und trieb ihn mit den Worten zurück: »Nicht so hastig, Doctor – Ihr müßt noch einmahl nach der andern Welt wandern, denn ohne Barmherzigkeit kommt niemand durch dieses Thor.«

Eine sehr stattliche Figur zeigte sich nunmehr und fing, um dem Richter zu melden, daß er ein Patriot gewesen sey, eine blumenreiche Rede über Staatstugenden und über die Freyheiten des Vaterlandes an. Minos bezeugte ihm die größte Achtung und befahl das Thor zu öffnen. Der Patriot, mit diesem Beyfall noch nicht zufrieden, erzählte weiter, er habe nach der Erlangung eines Amtes sich nicht weniger gut als vorher in der Oppositions-Partey betragen, und obgleich er die Maßregeln des Hofes hätte befolgen müssen, sich sehr ehrlich gegen seine Freunde bewiesen und so viele von ihnen als möglich untergebracht. »Still einen Augenblick«, sagte Minos, »nach einer nochmahligen Überlegung glaube ich, Herr Patriot, ein Mann von Eurer Tugend und Geschicklichkeit werde von seinem Vaterlande zu sehr vermisset werden und deßwegen möchte ich Euch zur Rückreise rathen. Ich bin versichert, daß Ihr es nicht ablehnen und ganz bereit seyn werdet, Euer eignes Wohl dem allgemeinen Besten aufzuopfern.« Der Patriot lächelte und sagte, er glaube, Minos scherze, und wollte zum Thor hinein, aber der Richter hielt ihn an und drang auf seine Rückreise, und wie der Patriot sich ferner weigerte, ward die Wache gerufen und ihn zurückzuführen beordert.

Jetzt erschien ein andrer Geist, für den das Thor sich sogleich öffnete, noch ehe er ein Wort gesprochen hatte. Ich hörte einige flüstern: »Das ist unser vormahliger Bürgermeister.«

Endlich kam auch unsere Gesellschaft an die Reihe. Der

schöne Geist, den ich im Anfange meiner Reisebeschreibung so sehr rühmte, kam ohne Mühe hinein; aber die ernsthafte Dame ward gleich, als sie sich zeigte, abgewiesen, und Minos erklärte, daß im Elysium auch nicht eine einzige Spröde sey.

Der Richter wandte sich zu mir und ich erwartete nicht, dem strengen Urtheil zu entgehen. Ich bekannte ihm, ich habe mir in meiner Jugend zwar zu viele Genüsse des Weins und der Liebe gestattet, aber noch nie einem Menschen etwas zu Leide gethan, noch eine Gelegenheit versäumt, Gutes zu thun; ich mache auf nicht viel mehr Tugend als auf allgemeine Menschenliebe und auf Privatfreundschaft Anspruch. Ich wollte fortfahren, da befahl mir Minos, zum Thore hineinzugehen, ohne meine Tugenden weiter auszuposaunen. Ich ging also mit meiner liebenswürdigen Gesellschafterinn hinein, umarmte sie mit großem Eifer, aber mit geistiger Unschuld, welches sie in derselben Weise erwiderte, und wir wünschten uns Glück zur Ankunft in dieser seligen Gegend, deren Schönheit kein Pinsel der Einbildungskraft würdig schildern kann.

Achtes Capitel

Abenteuer, die dem Verfasser nach seiner
Ankunft im Elysium begegneten.

Wir setzten unseren Weg durch einen herrlichen Hain von Pomeranzenbäumen fort und sahen daselbst unzählige Geister, die ich alle kannte, und jedem von ihnen waren wir bekannt (denn Geister erkennen sich hier durch Intuition). Ich traf gleich ein Töchterchen an, das ich vor etlichen Jahren verloren hatte. Gütiger Gott! Wo nehme ich Worte her, um die Entzückung, die schmelzende heftige Zärtlichkeit, womit wir uns küßten und umarmten, zu beschreiben? Unsere Umarmung, voll von ekstatischer Freude, dauerte so lang, daß sie nach den auf der Erde üblichen Zeitmaaßen nicht weniger als ein halbes Jahr betragen haben würde.

Der erste Geist, mit dem ich ins Gespräch kam, war der berühmte Spartaner Leonidas. Ich benachrichtigte ihn von der Ehre, die ihm ein geschätzter Dichter aus unserer Nation neulich erzeiget habe; und er antwortete, er sey demselben sehr verbunden.

Wir ergetzten uns hernach an der lieblichsten Stimme, die ich je gehöret habe und die begleitet ward von einer Violine, die des Signor Piantinida seiner glich. Ich entdeckte gleich, daß Orpheus der Musiker und Sappho die Sängerin sey.

Der alte Homer war bey diesem Concerte (wenn ich es so nennen darf) zugegen, und Madame Dacier saß auf seinem Schooße. Er erkundigte sich nach dem Herrn Pope und sagte, er sey begierig ihn zu sehen, denn er habe seine Übersetzung der Iliade mit fast eben so großem Vergnügen gelesen, als er selbst andern durch das Original verschafft zu haben glaube. Ich war so neugierig, daß ich ihn fragte, ob er dieses Gedicht wirklich in abgerissenen Stücken geschrieben und als Balladen überall in Griechenland abgesungen habe, wie berichtet werde. Er lächelte auf meine Frage und fragte zurück, ob denn einige Verbindung sich in dem Gedichte zeige; denn wenn das der Fall sey, so könne ich, glaube er, meine Frage selbst beantworten. Ich bath ihn darauf, mir zu eröffnen, in welcher von den Städten, welche über die Ehre sein Geburtsort zu seyn, miteinander wetteiferten, er eigentlich geboren sey. Er antwortete darauf: »Bey meiner Seele! Ich kann es selbst nicht sagen.«

Virgil kam nun auf mich zu, mit dem Herrn Addison am Arme. »Nun, mein Herr«, so fragte er, »wie viele Übersetzungen meiner Aeneide sind in den zuletzt verflossenen Jahren erschienen?« Ich sagte ihm, ich glaubte, verschiedene, aber ich erinnerte mich ihrer nicht recht, denn ich hätte außer der des Dr. Trapp keine gelesen. »Ey«, sprach er, »das ist fürwahr ein sonderbares Stück.« Ich erzählte darauf, Herr Warburton habe die Entdekkung gemacht, daß im sechsten Buche die Eleusinischen Mysterien beschrieben seyen. »Was für Mysterien?« fragte Herr Addison. »Die Eleusinischen«, erwiderte Virgil, »die ich in meinem sechsten Buche enthüllet habe.« »Wie?« versetzte Addison, »Ihr habt ja nie etwas von irgend solchen Mysterien, so lange wir miteinander umgehen, auch nur mit einem einzigen Worte erwähnet.« »Das hielt ich«, rief der andere, »für unnöthig bey einem Manne, der so gelehret ist wie Ihr; und überdem sagtet Ihr mir immer, Ihr verständet meine Meinung vollkommen.« Der Kritiker schien dadurch ein wenig aus seiner Fassung zu gerathen und wendete sich nach einem kurzweiligen Geiste, einem gewissen Richard Steele, der ihn umarmte und betheuerte, Addison sey der größte Mann auf Erden und er sey geneigt, alles Verdienst seiner eignen Schriften ihm ebenfalls zuzuschreiben. Hierauf würdigte ihn Addison eines gnädigen Anlächelns, klopfte ihm sehr feyerlich auf den Rücken und rief: »Wohl gesprochen, Richard!«

Hernach sah ich Shakespeare zwischen Betterton und Booth stehen, um einen Streit, der sich zwischen diesen zwey großen Schauspielern erhoben hatte, wie man eine Zeile von ihm accentuieren und verstehen müsse, zu entscheiden. Dieser Streit war auf beyden Seiten sehr hitzig geführet worden, was mich im Elysium verwunderte, bis ich durch Intuition entdeckte, daß jede Seele ihren ursprünglichen Charakter behielt, weil der ihr eigentliches Wesen sey. Es galt die berühmte Zeile im Othello: –

*Put out the light, and then put out the light.**

nach Bettertons Lesart. Herr Booth hingegen wollte, es sollte so lauten: –

*Put out the ligth, and then put out THE light.***

Ich konnte nicht umhin, meine eigene Vermuthung zu äußern, und schlug vor, es möchte vielleicht heißen: –

*Put out the light, and then put out THY light.****

Ein anderer schlug eine, meiner Meinung nach, sehr spitzfindige Lesart vor: –

*Put out the light, and then put out THEE, light.*****

so daß *light* zum Vocativ wurde. Wieder ein anderer wollte das letzte Wort verändert wissen und lesen: –

*Put out the light, and then put out thy sight.******

Allein Betterton sagte, wenn der Text geändert werden müßte, so sähe er keinen Grund, warum man ein Wort nicht eben so gut als einen Buchstaben ändern dürfe, und alsdann könne man statt »put out thy light« auch schreiben »put out thy eyes«******. Endlich wurde man auf allen Seiten einig, die Entscheidung Shakespeare selbst

* D. i.: Lösch aus das Licht, und dann lösch aus das Licht.
** D. i.: – lösch aus DAS Licht.
*** D. i.: – lösch aus DEIN Licht.
**** D. i.: – lösch aus DICH, o Licht.
***** D. i.: – lösch aus dein Augenlicht.
****** D. i.: – stich dir die Augen aus.

zu überlassen, und er erklärte seine Meinung wie folget: »Wahrlich, meine Herren, es ist so lange her, da ich diese Zeile schrieb, daß ich nun den Sinn davon vergessen habe. Das aber weiß ich, wenn ich geträumet hätte, daß so viel Unsinn darüber würde gesagt und geschrieben werden, so hätte ich sie ausgestrichen; denn gewiß, wenn etwas von dem vorigen mein Gedanke gewesen wäre, so brächte er mir wenig Ehre.«

Er wurde nun über einige andere mehrdeutige Stellen in seinen Werken befragt; allein er wich jeder genugthuenden Antwort aus, indem er sagte, wenn Herr Theobald nichts Befriedigendes darüber geschrieben habe, so wären ja drey oder vier neue Ausgaben seiner Schriften erschienen, und diese werden, so hoffe er, jedem ein Genüge thun; und fügte hinzu: »Übrigens wundere ich mich über nichts so sehr als darüber, daß Gelehrte sich also martern, um in einem Schriftsteller verborgene Schönheiten zu entdecken. Gewiß sind die größten und fruchtbarsten Schönheiten gerade diejenigen, welche am deutlichsten und verständlichsten sind; und wenn zwey Meinungen über die Auslegung einer Stelle so beschaffen sind, daß man endlich nicht weiß, welcher man beypflichten soll, so halte ich es für unwidersprechlich gewiß, daß keine von beyden einen Pfennig werth ist.«

Von seinen Werken kam die Unterredung auf sein Denkmahl; worüber Shakespeare, herzlich lachend, sich zu Milton wendete und rief: »Auf mein Wort, Bruder Milton, sie haben dort einen edeln Haufen Dichter zusammengebracht; sie würden sich eher haben hängen lassen, als eine solche Gesellschaft, während sie noch lebte, zu ihrer Tafel einzuladen.« »Freylich, Bruder«, antwortete Milton, »es wäre denn, daß wir damahls eben so wenig hätten essen können als jetzt.«

Neuntes Capitel

Andre Abenteuer im Elysium.

Eine Menge von Geistern gesellte sich nun zu uns, und ich erkannte sie bald für die Helden, welche hier öfters den Dichtern ihre Aufwartung machen, von denen ihre Thaten besungen worden sind. So sah ich Achill und Ulyß sich zu Homer, und Aeneas und Julius Cäsar sich zu Virgil begeben; Adam ging zu Milton hin; worauf ich dem Herrn Dryden zuflüsterte, ich hätte erwartet, daß der Teufel selbst hier sein Compliment machen werde, gemäß seiner Meinung. Allein Dryden antwortete: »Ich glaube, ich war selbst vom Teufel besessen, als ich dieses sagte.« Mehrere wandten sich an Shakespeare, und unter denselben zeichnete sich Heinrich V. vorzüglich aus. Während meine Augen auf diesen Monarchen gerichtet waren, kam ein sehr kleiner Geist auf mich zu, schüttelte herzlich meine Hand und sagte, er heiße THOMAS THUMB. Ich äußerte großes Vergnügen über seinen Anblick und zugleich Unwillen über seinen Lebensbeschreiber, welcher der Statur dieses großen kleinen Mannes ein solches Unrecht angethan und behauptet hatte, daß sie nicht höher als eine Spanne gewesen sey; wo doch der erste Augenschein mich belehrte, er messe völlig anderthalb Fuß (und, wie er selbst mir berichtete, noch ein 37tel eines Zolls darüber), sey also nicht viel kleiner als manche ansehnliche Beaus der gegenwärtigen Zeit gewesen.

Ich fragte bey dem kleinen Helden nach, was an den Geschichten, die man von ihm erzählte, Wahres sey, zum Exempel, an der Geschichte von dem Pudding und an der von dem Kuhwanste. Er sagte, die erste sey ein thörichtes Mährchen, welches zum Lachen sey; bey der zweyten aber liege, wie er nicht leugnen könne, etwas Wahres zum Grunde, und er dürfe sich dessen um so weniger schämen, weil er durch eine Überraschung verschlucket worden sey; er fügte mit großem Ungestüme hinzu, wenn er irgend eine Waffe in der Hand gehabt hätte, so würde die Kuh eher den Teufel als ihn verschlucket haben.

Er sprach das letzte so wüthend aus und schien so sehr verwirrt zu seyn, daß ich, als ich dieser Wirkung gewahr wurde, sogleich von der Geschichte abbrach und die Unterredung auf andere Materien lenkte, so sprachen wir lange von den Riesen. Er sagte, er habe in seinem Leben nie einen Riesen gesehen, geschweige denn einen getöd-tet; er glaube, dergleichen Handlungen seyen irriger Weise von ihm erzählet worden, obwohl sie eigentlich Hans, dem Riesentödter, zukämen, den er sehr gut kenne, und der, wie er sich einbilde, das ganze Geschlecht ausgerottet habe. Ich versicherte ihn des Gegentheiles und berichtete ihm, ich hätte selbst einen ungeheuren zahmen Riesen gesehen, welcher sehr bereitwillig auf das besondere Ersuchen verschiedener Herren und Damen einen ganzen Winter hindurch in London weilte, obgleich seine Familiengeschäfte ihn nach Hause, nach Schweden, gerufen hätten.

Ich sah hierauf einen finster blickenden Geist, der sich auf die Schultern eines andern lehnte, und erkannte den ersten gleich für Oliver Cromwell und den andern für Carl Martell. Ich muß bekennen, ich erstaunte ein wenig, Cromwell hier zu sehen, weil meine Großmutter mir erzählet hatte, er sey vom Teufel leibhaftig in einem Sturme weggehohlet worden; doch er versicherte mir bey seiner Ehre, es sey nichts Wahres an der ganzen Erzählung. Doch gestand er, er sey nur mit Mühe dem höllischen Abgrund entgangen, und würde, wenn sein früheres Betragen nicht rühmlicher als das spätere gewesen wäre, sicherlich hinabgestürzet worden seyn. Man habe ihn aber doch auf die Erde zurückgesandt, und zwar mit folgendem Loose: – ARMEE, CAVALIER, UNGLÜCK.

Er wurde also zum zweyten Mahl an dem Tag der Wiedereinsetzung Carls II. in einer Familie geboren, die ein sehr beträchtliches Vermögen im Dienste dieses Fürsten und seines Vaters verloren hatte, für welches sie die Belohnung erhielt, die sehr oft von den Fürsten für wahren Verdienst verliehen wird, nähmlich – 000. In seinem sechzehnten Jahre kaufte ihm sein Vater eine geringe Stelle bey der Armee, worin er ohne alle Beförderung diente, so lange als Carl und sein Bruder regierten. Bey der Revolution verließ er sein Regiment und folgte dem Schicksale seines vorigen Herrn, focht als gemeiner Soldat unter ihm in der berühmten Schlacht bey der Boyne und ward gefährlich verwundet. Er genas wieder, begab sich zu dem unglücklichen Könige nach Paris und kam so weit herunter, daß er seine Frau (denn er hatte Hörner auf seinem Loose) und sieben Kinder mit Schuhputzen auf der Straße und mit Lichterputzen in dem Opernhause ernähren mußte. In dieser Lage brachte er wenige Jahre sehr elend zu und starb endlich vor Hunger und gebrochenen Herzens. Alsdann stellte er sich wieder vor Minos, und dieser bedauerte das Leiden, welches ihn durch eben die Familie, deren Erzfeind er vordem gewesen war, betroffen hatte, und erlaubte ihm einzutreten.

Ich konnte meine Neugierde nicht zurückhalten und fragte ihn deßwegen, ob er wirklich Lust zur Königskrone gehabt habe. Er antwortete mit Lächeln: »Nicht mehr als ein Geistlicher zu der Bischofsmütze, wenn er ausruft: *Nolo episcopari**.« Er schien übrigens diese Frage übel zu nehmen und wandte sich ab.

Danach erschien ein ehrwürdiger Geist, der, wie ich bald sah, der große Historiker Livius war. Alexander der Große kam eben aus dem Pallaste des Todes und ging mit gerunzelter Stirne bey ihm vorbey. Der Historiker, der es bemerkte, sprach: »Ey, runzele die Stirne, so viel du willst; doch die Truppen, welche die gemeinen Asiatischen Sclaven besiegten, würden gegen die Römer keine gute Figur gemacht haben.« Wir beklagten darauf un-

* D. i.: Ich mag nicht Bischof werden. (A. d. Ü.)

ter uns den Verlust des werthvollsten Theils seiner Geschichte, worauf er Gelegenheit nahm, die vortreffliche Sammlung des Herrn Hooke anzupreisen, die, wie er sagte, alle andern unendlich überträfe. Als ich Echards Sammlung erwähnte, ließ er einen Knall hören, wie wenn eine Rakete losgeht, und verließ mich. Ich bath ihn aber, meine Wißbegierde nur über einen Punkt zu befriedigen und mir zu sagen, ob er wirklich abergläubig gewesen sey oder nicht. Denn ich hätte das allezeit geglaubet, bis Herr Leibniz mich des Gegentheils versichert hätte. Er antwortete ärgerlich: »Kennet denn Herr Leibniz mein Gemüth besser als ich selbst?« und ging sogleich fort.

Zehntes Capitel

Der Verfasser trifft zu seiner Verwunderung Julian den Apostaten im Elysium an; aber dessen Erzählung, durch welche Mittel er hier Einlaß erhalten habe, benimmt ihm selbige. Julian erzählt seine Abenteuer im Sclavenstand.

Als er wegging, hörte ich ihn einen andern Geist mit dem Nahmen Julianus der Apostat begrüßen. Dieß erstaunte mich über alle Maaßen, denn ich hätte schlechterdings keinem Menschen jemahls einen so gegründeten Anspruch auf den Abgrund der Hölle zugetraut als eben diesem. Allein ich erfuhr bald, daß derselbe Julianus der Apostat auch der eigenwillige Erzbischof Latimer gewesen sey*. Er erzählte mir, man habe allerley Lügen über ihn in seinem ersten Stande erdichtet, und er sey keineswegs ein so schlechter Mann gewesen, als man ihn geschildert habe. Dessen ungeachtet sey ihm doch der Eingang verwehrt worden, und er habe sich mehrere Wanderschaften zur Erde zurück gefallen lassen müssen, und so sey er nacheinander ein Sclave, ein Jude, ein General, ein Erbe, ein Zimmermann, ein Beau, ein Mönch, ein Musikant, ein Weiser, ein König, ein Narr, ein Bettler, ein Fürst, ein Staatsmann, ein Soldat, ein Schneider, ein Rathsherr, ein Poet, ein Ritter, ein Tanzmeister und dreymahl ein Bischof vor seinem Märtyrertode gewesen, durch welchen, so wie durch sein ganzes Benehmen in der letzten Rolle, er dem Richter ein Genüge gethan und Erlaubniß erlangt habe, in die seligen Gegenden einzugehen.

Ich erwiderte, so verschiedene Rollen müßten äußerst unterhaltende Begebenheiten hervorgebracht haben; und wenn er, wie ich voraussetzte, sich ihrer aller noch erin-

* Im Original steht Erzbischof; allein es ist hier ganz gewiß der protestantische Märtyrer Hugh Latimer, Bischof von Worcester, gemeint. (A. d. Ü.)

nerte und Muße hätte, sie mir zu erzählen, so würde ich ihm sehr dafür verbunden seyn. Er antwortete, jeder Umstand sey noch frisch in seinem Gedächtnisse; und was die Muße angehe, so bestehe ja die einzige Beschäftigung an diesem seligen Orte darin, daß ein jeder zum Vergnügen des andern etwas beytrage. Er danke mir also dafür, daß ich das seinige vermehre, indem ich ihm ein Mittel vorschlage, um das meinige zu vergrößern. Ich nahm daher meinen kleinen Liebling an die eine Hand und meine Favoritreisegesellschafterinn an die andere, ging mit ihm zu einer sonnigen Blumenbank, wir setzten uns allesammt nieder, und er begann wie folget: –

»Ich unterstelle, Ihr seyd mit meiner Geschichte in der Zeit, da ich Kaiser Julian war, hinlänglich bekannt, auch wenn nicht alles, was von mir erzählt wurde, völlig wahr ist, wozu besonders die vielen wunderbaren Vorbedeutungen meines Todes gehören. Doch sie verdienen nicht, daß man jetzt viel darüber disputiere; und wenn es einem Gesichtsschreiber zu irgend etwas dienen kann, so stehet es ihm herzlich gern zu Dienste.

Mein nächster Eintritt in die Welt erfolgte zu Laodicea in Syrien, in einer Römischen, nicht sonderlich angesehenen Familie; da ich eine unruhige Gemüthsart hatte, begab ich mich im siebenzehnten Jahre meines Alters nach Constantinopel, und, nach ungefähr einem Jahre, von dort in die Provinz Thracien, zu der Zeit, als eben Kaiser Valens die Gothen in dieser Gegend aufgenommen hatte. Hier bezauberte mich die Schönheit einer Gothinn, der Gemahlinn eines Hauptmanns Rodorich, deren Nahmen ich aus der zärtlichsten Neigung zum schönen Geschlechte, auch nach einer so langen Zeit, lieber verhehlen will; denn ihr Betragen gegen mich zeugte mehr von der Gutherzigkeit als von der Tugend, welche eine Frau gegen jeden Angreifer vertheidigen muß. Um mit ihr in enge Verbindung zu kommen, verkaufte ich mich als einen Sclaven an ihren Gemahl, der, aus einer Nation, die nur wenig zur Eifersucht neiget, mich wegen solcher Ursachen, die einen Eifersüchtigen gerade davon abgehalten haben würden, nämlich wegen meiner Jugend und Schönheit, seiner Gattinn schenkte.

So weit ging die Sache nach meinem Wunsche, und die Folge entsprach der Hoffnung, welche der Anfang erregt hatte. Ich merkte bald, daß meine Dienste ihr sehr wohl gefielen; ich begegnete ihren Augen oft, und sie schlug ihre niemahls nieder, ohne eine gewisse Verwirrung zu verrathen, die mit vollkommener Herzensreinigkeit sich nicht gut verträgt. Ja, sie gab mir täglich neue Ermunterungen; aber der unglückliche, durch unsre beyderseitige Lage verursachte Abstand schreckte mich lange von einem unmittelbaren Angriff ab, und sie beobachtete den Anstand zu gut, als daß sie durch eine erste Annäherung die strengen Regeln der Sittsamkeit im Mindesten verletzt hätte; endlich aber gewann meine Leidenschaft den Sieg über meine Ehrfurcht, und ich entschloß mich zu einem kühnen Versuche, die Folge mochte seyn, welche es wollte. Deßwegen benutzte ich die erste bequeme Gelegenheit, als sie allein und mein Herr nicht zu Hause war, griff die Festung herzhaft an und eroberte sie im Sturm. Im Sturm, so kann ich wohl sagen; denn sie widerstand mir mit vieler Entschlossenheit und unterließ nichts, was der vollkommenste Anstand irgend fordern konnte. Sie schwor mehrmahls, sie werde um Hilfe schreyen; ich aber versicherte ihr, es wäre vergeblich, denn, wie sie sehe, sey niemand vorhanden, der ihr helfen könne; und wahrscheinlicher Weise glaubte sie mir, denn sie schrie wirklich nicht ein einziges Mahl, wodurch sie mich vermuthlich hätte hindern können.

Da sie also ihre Tugend wider ihren Willen besieget sah, so ergab sie sich geduldig ihrem Schicksal und ließ mich die schönsten Früchte meines Sieges lange Zeit genießen; aber das neidische Glück hatte beschlossen, mich mein Vergnügen sehr theuer bezahlen zu lassen. Eines Tages wurden wir mitten in unserer Freude von ihrem unvermuthet zurückkehrenden Gatten überrascht; er kam geraden Weges in ihr Zimmer, und ich hatte nur noch Zeit, unter das Bett zu kriechen. Die Unordnung, worin er seine Frau antraf, hätte eine eifersüchtige Natur gewiß stutzig gemacht; seine aber war dem so entgegen, daß die Sache wohl ohne Schaden für mich abgegangen wäre, wenn er nicht unglücklicher Weise meine Beine, die nicht genug versteckt waren, entdeckt hätte. Er zog mich sogleich bey denselben hervor, wandte sich darauf mit einem zornigen Blick zu seiner Frau und zückte das Schwert, das er an seiner Seite führte, um sie, wie ich glaube, augenblicklich zu tödten, wenn ich nicht sogleich sehr galant und mit vielen Betheuerungen erkläret hätte, sie sey unschuldig und nur ich sey schuldig, doch bloß, wie ich zugleich versicherte, in Ansehung meiner Absicht. Sie (eine wundervoll listige Frau) unterstützte meinen Vortrag so gut, daß er sich endlich täuschen ließ; und nun kehrte sich seine ganze Wuth gegen mich allein, und er drohte mir mit allen möglichen Martern, wovon ihm abzurathen die Arme viel zu erschrocken und verwirrt war; und hätte sie es, aus Besorgniß für mich, dennoch versucht, so würde sie vielleicht eine Eifersucht in ihm erreget haben, die ihm nachmahls nicht wieder zu benehmen gewesen wäre.

Nach einer kurzen Unschlüssigkeit brüllte Rodorich, glücklicher Weise habe er die allerschicklichste Strafe in der Welt für mich gefunden; sie sey ein Mittel, wodurch meine frevelhafte Absicht streng gerächet und ich zugleich gehindert werden würde, dieselbe jemahls wieder auszuführen. Dieser grausame Entschluß wurde alsbald vollzogen, und ich verdiente den Nahmen eines Mannes nicht mehr.

Wie er mich so außer Stand gesetzt hatte, ihn ferner zu beleidigen, behielt er mich noch länger in seinem Hause; aber seine Frau, vermuthlich weil sie ihre That bereute und mich für den Urheber ihrer Verschuldung ansah, würdigte mich keines freundlichen Wortes oder Blickes mehr; und als bald hernach ein großer Austausch von Hunden gegen Menschen zwischen den Römern und den Gothen vor sich ging, so vertauschte sie mich gegen einen kleinen Schooßhund an eine Römische Witwe und gab noch eine beträchtliche Summe Geldes hinzu.

Im Dienste dieser Witwe blieb ich sieben Jahre und wurde während dieser ganzen Zeit sehr barbarisch behandelt. Man ließ mich ohne die mindeste Schonung arbeiten, und ich wurde von einer schlagwüthigen Magd oft jämmerlich geprügelt, wobey sie mich nie anders als das Ding oder das Thier nannte. Ich gab mir alle ersinnliche Mühe, ihr zu gefallen, konnte es aber dennoch nicht dahin bringen. Weder die Frau noch ihre Magd wollten von dem, was ich angerührt hatte, essen und sagten, sie hielten mich für unrein. Es ist nicht nöthig, besondere Umstände zu wiederholen; mit einem Worte, keine Mißhandlung ist zu erdenken, die ich nicht in dieser Familie erlitten hätte.

Endlich erhielt mich ein heidnischer Priester, ein Bekannter meiner Gebietherinn, zum Geschenk. Die Scene änderte sich nun gänzlich, und ich hatte so viele Ursachen, mit meiner nunmehrigen Lage zufrieden als mit der vorigen unzufrieden zu seyn. Ich war ein so unumschränkter Liebling meines Herrn, daß die übrigen Sclaven mir fast eben so große Achtung als ihm selbst bewiesen, denn sie wußten, daß es gänzlich in meiner Macht stand, ihnen zu befehlen und sie zu behandeln, wie es mir beliebte. Alle Geheimnisse meines Herrn wurden mir anvertraut, und ich half ihm heimlich in der Nacht, die Opfer von den Altären wegzuschaffen, wovon das Volk glaubte, die Götter selbst verzehrten sie. Wir schmausten recht herrlich davon, und keine Seltenheit läßt sich ersinnen, womit wir uns nicht mästeten. Vielleicht wundert Ihr Euch über die genaue Verbindung dieses Priesters mit seinem Sclaven, allein sie ist ganz begreiflich: Wir lebten in einer Vertraulichkeit, die bey den Christen für sündhaft gilt, aber mein Herr, der den Willen der

Götter wohl kannte, mit welchen er, wie er mir sagte, oft umging, versicherte mir, sie sey ganz und gar untadelhaft.

Dieß glückliche Leben dauerte ungefähr vier Jahre, worauf meines Herrn Tod, den er sich durch eine Überladung mit gewissen vorzüglichen Leckereyen zuzog, demselben ein Ende machte.

Ich fiel nun in die Hände eines Mannes von ganz anderer Art, und dieser war kein anderer als der berühmte heilige Chrysostomus, der mich nicht mit Opfern, sondern mit Predigten nährte, die zwar meine Ohren mit guten Sachen füllten, nicht aber meinen Magen. An Statt mein Fleisch mit leckerer Kost zu mästen und auszustopfen, gab er mir Recepte, es zu bändigen und zu casteyen. Dieß erbauete mich so gut, daß ich nach wenigen Monaten einem Skelette glich. Da er mich aber zu seiner Religion bekehret hatte, so war ich mit dieser neuen Lebensart ziemlich wohl zufrieden, weil ich durch sie, wie er mir bewies, einer ewigen Belohnung im künftigen Leben sicher seyn konnte. Der Heilige war übrigens sehr gutmüthig und gab mir nur ein einziges Mahl böse Worte, weil ich vergessen hatte, den Aristophanes, seinen beständigen Schlafgesellen, auf sein Kopfkissen zu legen. Er liebte nämlich diesen alten Griechischen Dichter ganz außerordentlich und ließ mich dessen Comödien oft vorlesen, und wenn ich dann an eine der zu losen Stellen kam, so pflegte er lächelnd zu sagen: ›Es ist doch zu bedauern, daß seine Materie nicht so rein als seine Schreibart ist‹; die letztere gefiel ihm so wohl, daß er, ungeachtet seines Abscheues, den er gegen alle Unflethereyen zu erkennen gab, mich doch dergleichen Stellen zehnmahl wiederhohlen ließ. Der Charakter dieses braven Mannes ist von seinen heidnischen Zeitgenossen, besonders in Beziehung auf das weibliche Geschlecht, sehr zu Unrecht angegriffen worden; denn seine heftigen Strafreden gegen dasselbe rechtfertigen ihn zur Genüge.

Aus dem Dienst dieses Heiligen, der mir die Freyheit

schenkte, kam ich in die Familie des Timasius, eines der obersten Befehlshaber bey der Kaiserlichen Armee, dessen Gewogenheit ich in einem so hohen Grade erlangte, daß er mich mit einer guten Kriegsbedienung versah und mich zum Theilnehmer seiner Gesellschaft und seiner Geheimnisse erhob. Diese schnelle Beförderung berauschte mich bald, und je mehr er mich mit Wohlthaten überhäufte, desto mehr wuchs die Einbildung von meinen Verdiensten, welche bey mir, die ertheilten Belohnungen noch übersteigend, mehr Mißvergnügen als Dankbarkeit erweckte. Da er also eine höhere Achtung gegen mich zeigte, als ich verdienen oder erwarten konnte, machte er den zu einem mißgünstigen empor strebenden Feinde, welchen eine gemäßigtere Güte in den Grenzen eines getreuen Bedienten zurückgehalten haben würde.

Ich ward hernach bekannt mit einem gewissen Lucilius, einer Creatur des obersten Ministers Eutropius, der ihn bis zur Würde eines Tribuns erhoben hatte; ein Mann von schlimmen moralischen Grundsätzen und in nichts als in der schlechtesten von allen Eigenschaften, in der Verschlagenheit, groß. Dieser Herr glaubte, ich würde ein brauchbares Werkzeug für die Zwecke des Ministers seyn; deßwegen erforschte er meine Gedanken über Ehre und Rechtschaffenheit, welche er mir beyde für Worte ohne Sinn erklärte, und als er fand, daß ich darüber eben so wie er selbst dachte, empfahl er mich Eutropius als vorzüglich geschickt, um seine niederträchtigen Absichten gegen meinen Freund Timasius auszuführen. Der Minister nahm die Empfehlung wohl auf, und so sagte mir Lucilius, Eutropius schätze mich wegen seines vortheilhaften Zeugnisses über meine Befähigung sehr hoch, und er wolle mich bey ihm einführen; von ihm, diesem großen Begünstiger aller Verdienste, könne ich alles erwarten.

Ich wurde mit geringer Mühe beredet, diese Einladung anzunehmen. Eine späte Stunde am folgenden Abend wurde dazu bestimmt, und ich begleitete meinen Freund Lucilius in das Haus des Ministers. Er empfing mich äußerst höflich und freundlich und bezeigte so viel Hochachtung gegen mich, daß ich, mit solchen hohen Scenen des Lebens ganz unbekannt, daraus folgerte, er sey mein uneingennütziger Freund und ich habe das dem günstigen Berichte des Lucilius zu verdanken. Allein diese Meinung ward mir bald benommen; denn gleich nach dem Abendessen fiel unser Gespräch auf die Ungerechtigkeit, welcher sich die Menschen insgemein gegen große Männer schuldig machen, indem jene Belohnungen ihres Privat-Verdienstes erwarten, ohne diesen dadurch nützlich geworden zu seyn. ›Was hilft mir die Gelehrsamkeit‹, sagte Eutropius, ›Witz, Muth oder irgend eine Tugend, die jemand besitzen mag, wenn er mir dadurch keinen Vortheil verschafft? Hat nicht derjenige mehr Verdienst um mich, der mein Geschäft ausrichtet und meinen Befehlen gehorcht, ohne eine von jenen Eigenschaften zu besitzen?‹ Ich befriedigte ihn durch meine Antworten über diesen Punct vollkommen, so daß nun beyde, der Minister und sein Geschöpf, kühner wurden und nach einer kurzen Vorrede begannen, den Timasius anzuklagen. Endlich, da sie merkten, daß ich ihn nicht zu vertheidigen suchte, schwor Lucilius hoch und theuer, Timasius dürfe nicht länger leben, er selbst wolle ihn umbringen. Eutropius versetzte, diese Unternehmung würde zu gefährlich seyn. ›Freylich‹, sagte er ›sind seine Verbrechen so schwarz und er ist dem Kaiser so wohl bekannt, daß sein Tod ein sehr annehmlicher Dienst seyn und eine angemessene Belohnung nicht verfehlen würde; aber ich zweifle, ob Ihr im Stande seyd, ihn zu bewirken.‹ ›Wenn er es nicht ist‹, rief ich darauf, ›so bin ichs, und gewiß hat niemand so viele Ursachen, ihn zu Grunde zu richten, als eben ich: denn außer der Untreue gegen meinen Fürsten, dem ich so sehr verpflichtet bin, hat er auch mich gröblich beleidiget. Mehrere meinesgleichen sind über mich hinweg befördert worden, zum großen

Ärgernisse für die Armee überhaupt und zu meinem Schaden und Nachtheil insbesondere.‹ Ich will meine ganze Rede jetzt nicht wiederholen, sondern so kurz als möglich seyn. Als wir in dieser Nacht auseinander gingen, drückte der Minister mir herzlich die Hand, lobte meine Rechtschaffenheit, versicherte mich seiner Gunst und beschied mich, am folgenden Abend allein zu ihm zu kommen; er erforschte mich noch ein wenig mehr, und als er mich seinem Zweck gemäß fand, schlug er mir vor, den Timasius des Hochverrathes anzuklagen, und versprach mir die größten Belohnungen, wenn ich das unternähme. Die Folge für meinen Freund war, wie Ihr wissen werdet, sein Untergang; aber was gewann ich dabey? Als ich dem Eutropius, um seine Versprechungen erfüllet zu sehen, wieder aufwartete, empfing er mich sehr zurückhaltend und kalt; und als ich einige Winke von meinen Hoffnungen fallen ließ, so stellte er sich, als verstände er mich nicht und sagte, er glaube, Straflosigkeit sey das Äußerste, was ich für die Entdeckung meines Complicen erwarten dürfe, der nur deßwegen, weil er ein höheres Amt bekleidete, mehr als ich verbrochen hätte. Es sey ihm sehr schwer geworden, mir Verzeihung bey dem Kaiser auszuwirken, da er die Enthüllung aus mir hervorgelocket habe. Worauf er mir den Rücken kehrte und sich zu einem andern wandte.

Diese Behandlung erzürnte mich dergestalt, daß ich mich zu rächen beschloß, und ich würde es sicherlich gethan haben, wenn er mir nicht durch wirksame Mittel zuvorgekommen wäre, und mich bald hernach aus der Welt geschaffet hätte.

Ihr werdet nun denken, glaube ich, daß ich abermahls einen guten Anspruch auf einen Platz im höllischen Abgrund hatte, und Minos war wirklich geneigt, mich hineinzustürzen, bis ihm die von Rodorich an mir verübte Rache und meine siebenjährige Dienstbarkeit bey der Witwe bekannt geworden waren; das, so glaubte er, sey Büßung genug für alle in einem einzigen Leben begangenen Verbrechen und sandte mich zurück, um mein Glück zum dritten Mahl zu versuchen.«

Elftes Capitel

Worin Julian seine Abenteuer in der Rolle eines geitzigen Juden erzählt.

Die nächste Rolle, in welcher ich im Fleische zu erscheinen bestimmet wurde, war die eines geitzigen Juden. Als ein solcher ward ich zu Alexandrien in Ägypten geboren und Balthasar genannt. Es begegnete mir nichts sonderlich Merkwürdiges bis zu dem Jahre, als der berüchtigte Tumult vorfiel, in welchem, nach der Geschichtsschreibung, die Juden in dieser Stadt mehr Christen erschlagen haben sollen, als damahls in ihr wohnten. Das Wahre von der Sache ist, daß sie ihnen ziemlich übel mitspielten; ich selbst aber war nicht mit zugegen, denn, da alle von meinem Volke beordert waren, sich zu bewaffnen, so fand ich Gelegenheit, zwey äußerst alte und rostige Schwerter zu verkaufen, die sonst schwerlich anzubringen gewesen wären, ich hatte also keine Waffen mehr und trug Bedenken, mich hinauszuwagen. Überdem, obgleich ich die Ermordung der Nazarener für ein die Seligkeit verdienendes Werk ansah, konnte ich doch, da dieselbe erst gegen Mitternacht vor sich gehen sollte und wir, um weniger Verdacht zu erregen, bis dahin in unsern Häusern stille halten mußten, mich nicht bereden, so viel Öl zu verschwenden, als bey dem Aufbleiben bis um diese Zeit nöthig war; wegen beyder Ursachen blieb ich also in jener Nacht zu Hause.

Ich war zu dieser Zeit sterblich verliebt in eine gewisse Hypathia, die Tochter eines Philosophen; eine junge Frau von außerordentlicher Schönheit und Tugend, die mit allem, was den Geist und Körper ausschmücken kann, begabt war. Sie schien meine Person nicht zu mißbilligen; allein es standen unserer Verbindung zwey Hindernisse im Wege, nähmlich meine Religion und ihre Armuth; vielleicht aber wären noch Mittel gewesen, beyde aus dem Wege zu räumen, wenn nicht jene Christenhunde sie ermordet, und, was noch schlimmer war, ihren Körper hernach verbrannt hätten; das letzte war, sage ich, schlimmer als das erste, denn ich verlor dadurch eine Juwele von einigem Werthe, die ich ihr geschenkt hatte, doch mit der Absicht, sie zurückzufordern, wenn unsere Heirath nicht zu Stande kommen sollte.

So in Ansehung meines Liebeshandels getäuscht, verließ ich kurz darnach Alexandrien und begab mich nach der Kaiserlichen Residenz, wo ich hoffte, wegen der bevorstehenden Vermählung des Kaisers mit der Athenais, einen guten Absatz meiner Juwelen zu finden. Auf dieser Reise verkleidete ich mich als ein Bettler, aus folgenden Gründen: erstlich, weil ich glaubte, meine Juwelen auf diese Weise desto sicherer fortzubringen, und zweitens, um meine Ausgaben zu vermindern; den letztern Zweck erreichte ich so gut, daß ich noch zwey Oboli mehr erbettelte, als die Reise kostete, weil ich nur Wurzeln aß und Wasser trank.

Vermuthlich aber wäre es doch besser für mich gewesen, wenn ich die Kosten weniger gescheuet und die Reise mehr beschleunigt hätte; denn bey meiner Ankunft zu Constantinopel war die Feyerlichkeit schon vorbey, und ich verlor die herrliche Gelegenheit, meine Juwelen abzusetzen, womit so viele meines Volkes sich bereichert hatten.

Vom Leben eines Geitzhalses ist sehr weniges werth erzählet zu werden, da es fortwährend darauf abzielet, Geld zu erwerben oder in Sicherheit zu bringen. Ich will Euch deßwegen jetzt nur einige wenige von meinen Abenteuern wiederholen, ohne mich an irgend eine Ordnung zu binden.

Ein Römischer Jude, ein großer Liebhaber des Falernischen Weines, der sich recht gern gütlich dabey that, besuchte mich einst, um in meinem Hause zu Mittage zu speisen; und weil er wußte, er würde nicht vielen und nur schlechtern Wein bey mir antreffen, so hatte er mir ein halbes Dutzend Krüge seines Leibgetränks vorausgeschickt. Werdet Ihr nun wohl glauben, ich habe ihm nicht seinen eigenen Wein gegeben? Ja, mein Herr, ich that es freylich, aber ich hatte ihn vorher so stark verfälschet, daß aus drey Krügen sechs geworden waren, und mit diesen bewirthete ich meinen Gast und seinen Freund; die drey übrigen Krüge verkaufte ich ihm hernach selbst wieder, denn ich wußte, er würde sie besser als jeder andere bezahlen.

Ein edler Römer kam eines Tages in mein Landhaus, das ich um die Hälfte seines Werthes von einem ins Elend gerathenen Mann gekauft hatte. Meine Nachbarn beehrten ihn mit einer Musik, weßwegen er mir zum Abschied ein Goldstück gab, um es unter ihnen zu vertheilen. Ich steckte es ein und gab ihnen ein kleines Gefäß herben Weins zum Besten, das ich für nicht mehr als zwey Drachmen verkauft haben würde, und ließ sie hernach den Werth davon durch Arbeiten dreymahl abverdienen.

Da ich nicht ganz ohne Religion war, obgleich ich gar viel mehr von ihr zu haben vorgab, als ich wirklich hatte, suchte ich meine Handlungen mit meinem Gewissen so gut als möglich auszugleichen. So lud ich niemand zum Essen bey mir ein als nur solche, gegen deren Beutel ich etwas im Schilde führte. Nach der Mahlzeit unterließ ich es niemahls, in einem dazu bestimmten Buch dasjenige aufzuzeichnen, was sie mir, nach meiner Vorstellung, schuldig geworden waren. Und in der That, das war gemeiniglich wohl hundertmahl so viel, als es sie sonst irgendwo für ein Mittagsmahl gekostet haben würde; indessen war es doch immer ein *quid pro quo,* wenn nicht ein *ad valorem.* Wenn sich alsdann eine Gelegenheit sie zu betrügen darboth, so sah ich es so an, als zahlten sie mir nur, was sie mir schuldeten; zwar schränkte ich mich nicht allezeit auf das zu Buch gebrachte ein, so übertrieben es auch seyn mochte, aber dann glich ich es dadurch aus, daß ich den Überschuß für Zinsen erklärte.

Arglistig war ich nicht allein gegen andere – zuweilen

betrog ich auch mich selbst. Ich zog mir Unpäßlichkeiten zu, weil ich es an hinlänglicher Nahrung und Erwärmung fehlen ließ, und hatte deßwegen Unkosten mit dem Arzte; ja einmahl entging ich knapp dem Tode, weil ich verdorbene Arzeneyen genommen hatte, um sieben Achtel Procent am Preise zu ersparen.

Durch diese und ähnliche Mittel erblickte ich mich mitten in Armuth und allem möglichen Elend als einen Besitzer unermeßlicher Reichthümer, und im Sammeln und Zählen derselben bestand mein einziges Vergnügen. Dieß ward aber doch durch zwey Gedanken, die oft gegen meinen Willen in meiner Seele aufstiegen, gestöret und verbittert. Der eine, welcher unerträglich gewesen seyn würde (aber er betrübte mich nur selten) war dieser, daß ich meinen hochgeliebten Schatz einst verlassen müsse. Der andere hingegen ängstigte mich unaufhörlich, daß nähmlich meine Reichthümer nicht größer waren. Dennoch tröstete mich in dieser Rücksicht die Erwartung, daß sie täglich zunehmen würden; und meine Hoffnung war so ausgedehnet, daß ich mit Virgil sagen konnte: –

›*His ego nec metas rerum nec tempora pono.*‹*

Ich bin aber fest überzeugt, wenn ich den ganzen Erdball mit Ausnahme einer einzigen Drachme besessen hätte und dabey keine Möglichkeit gesehen hätte, mich dieser Drachme zu bemächtigen –, ich bin fest überzeugt, sage ich, diese einzelne Drachme würde mir mehr Verdruß verursachet haben, als der Besitz des übrigen mir Vergnügen hätte geben können.

Um die Wahrheit zu gestehen, so ließen meine ewigen Sorgen, neue Pläne zum Gelderwerbe zu ersinnen, und meine äußerste Ängstlichkeit, das bereits Erworbene zu erhalten, mich keinen Augenblick Frieden im Wachen

* »Weder Zeiten noch Grenzen sind ihnen von mir bestimmet.« (A. d. Ü.)

und Ruhe im Schlafen genießen. In keiner der von mir gespielten Rollen habe ich so viel Elend als in dieser ausgestanden; und Minos selbst schien derselben Meinung zu seyn, denn als ich zitternd und bebend mein Urtheil erwartete, befahl er mir, ich solle zurück und meinem Geschäfte nachgehen, denn kein Mensch könne in mehr als einer Welt verd-mt werden. Ich habe seitdem auch erfahren, daß der Teufel keinen Geitzhals aufnehmen will.«

Zwölftes Capitel

Enthält die Begebenheiten des Julian in den Rollen eines Generals, eines Erben und eines Zimmermanns.

Mein nächster Eintritt in die Welt erfolgte zu Appollonia in Thracien, woselbst ich von einer schönen Griechischen Sclavinn, der Mätresse des Eutyches, eines großen Günstlings von Kaiser Zeno, geboren wurde. Dieser Fürst gab mir nach seiner Wiedereinsetzung in die kaiserliche Würde, im fünfzehnten Jahre meines Alters, das Commando über eine Compagnie; und bald hernach, ehe ich noch jemahls ein Heer gesehen hatte, setzte er mich als einen Tribun über alle Officiere der Cohorte.

Der Zugang zum Kaiser ward mir durch die Vertraulichkeit, worin mein Vater als ein echter Höfling – oder mit andern Worten, als der käuflichste Schmeichler – mit ihm lebte, sehr erleichtert, und bald gewann ich seine Gunst und ahmte meinen Vater im Schmeicheln so gut nach, daß der Kaiser sich niemahls von mir trennen wollte. Daher kam es, daß das erste bewaffnete Corps, das ich je zu sehen bekam, dasjenige war, womit Marcian den Ort umgab, in welchem ich mit dem übrigen Hofe belagert wurde.

Ich ward hernach an die Spitze einer Legion gestellet und mit Theodorich dem Gothen nach Syrien zu marschieren beordert; das heißt, meine Legion wurde dazu beordert; denn ich selbst blieb am Hofe mit dem Titel und dem Solde eines Generals, ohne seine Arbeit und Gefahr.

Da nichts lustiger, d. i. nichts liederlicher seyn konnte als Zenos Hof, so hatten Damen von lustiger Gemüthsart ein großes Ansehen daselbst; besonders galt eine gewisse Fausta sehr viel, welche dem Kaiser zwar wegen keiner außerordentlichen Schönheit, aber wegen ihres Witzes und ihrer Lebhaftigkeit sehr lieb und werth war.

Mit ihr lebte ich in trauter Verbindung, und wir beyde vergaben gemeinschaftlich alle Stellen im Kriegsheere, nicht an die Würdigsten, sondern an die Meistbiethenden. Mein Audienzzimmer war nun von Officieren, die aus dem Felde zurückkehrten, gedrängt voll, und obgleich sie aus täglicher Erfahrung wissen konnten, wie wenig ihre Dienste als Empfehlung bewirkten, so wurden sie dennoch ihrer Aufwartungen nicht müde und erzeigten mir so viel Hochachtung und Verehrung, als ich wegen der Beförderung ihres Glückes hätte verlangen können, indessen ich sie sammt ihren Familien verhungern ließ.

Desgleichen widmeten mir verschiedene Poeten ihre Verse und besangen meine Verdienste, und ich, was uns vielleicht jetzt seltsam scheinen mag, nahm allen diesen Weihrauch mit der gierigsten Eitelkeit an, ohne ein einziges Mahl zu bedenken, daß ich dergleichen Complimente nicht verdiene, folglich dadurch nur an meine Mängel erinnert werden müsse.

Mein Vater war unterdessen gestorben, und meine Herrschaft über die Gnadenerweisungen des Kaisers so unbeschränkt geworden, daß einer, der mit dem Hofwesen unbekannt ist, schwerlich die Kriecherey wird glauben können, welche Personen aller Art gegen mich bezeigten, wenn sie in die Mauern des Pallastes traten. Ein Bückling, ein Lächeln, ein Kopfnicken von mir, wenn ich durch die gebückte Menge schritt, ward als auszeichnende Gunst angesehen; ein gnädiges Wort aber machte jeden selig; und in der That ist auch mit solchen Äußerungen ein wirklicher Vortheil verbunden, indem sie demjenigen, welchem sie zu Theile werden, einen hohen Grad der Achtung von allen andern zuziehen; denn sie haben an Höfen einen gangbaren Werth und können wie Wechselscheine in Handlungsgesellschaften von einem auf den andern übertragen werden. Das Lächeln eines Fürstengünstlings erhebt den, der desselben gewürdigt wird, alsbald empor und gibt seinem Lächeln, womit er einen geringeren beehret, einen Werth; so geht dieß Lächeln von einem zum andern über, und der große Mann ist es, der es zuletzt honorieren muß. Zum Exempel, ein sehr niedriger Bursche wünschet sich ein Amt. An wen soll er sich wenden? Nicht an den großen Mann selbst, denn zu dem hat er keinen Zugang. Er wendet sich deßwegen an A, die Creatur von B, dem Werkzeuge von C, dem Schmeichler von D, dem Beyschläfer von E, dem Kuppler von F, dem Schläger von G, dem Hausnarren von I, dem Ehemann von K, der Hure von L, dem Bastard von M, dem Instrumente des großen Mannes selbst. Auf diese Art senket sich jenes Lächeln vom großen Manne bis zu A ganz regelmäßig herab, wird dann wiederum rückwärts gerechnet bis auf den großen Mann, der es endlich bezahlen muß.

Es liegt klar am Tage, daß ein Hof ohne dergleichen Münze eben so wenig bestehen kann als eine Handelsstadt ohne Papiercredit. Liegt doch der einzige Unterschied darin, daß sein Werth nicht ganz so sicher ist, denn ein Günstling kann sein Lächeln reklamieren, ohne für einen Bankerottier gehalten zu werden.

Mitten in aller dieser meiner Herrlichkeit starb der Kaiser, und Anastasius bestieg den Thron. So lang es noch unentschieden war, ob ich mich in der kaiserlichen Gunst behaupten würde oder nicht, ward ich beym Eintritt in den Pallast, wo ich dem neuen Regenten meine Ehrerbiethung erweisen wollte, auf die gewöhnliche Weise empfangen; aber kaum hatte der Kaiser mich ungünstig angeblicket, als alle übrigen mir ein ähnliches Compliment machten und die ganze Versammlung mir auf einmahl wie ein wohlexerciertes Regiment Soldaten den Rücken zukehrte; mein Lächeln galt von nun an so viel wie der Wechsel eines Bankerottiers, und jedermann hüthete sich vor diesem so sorgfältig wie vor jenem.

Ich entfernte mich sobald als möglich vom Hofe und kurz darauf auch aus der Hauptstadt und begab mich an meinen Geburtsort, wo ich den Rest meiner Tage zurückgezogen als ein Landwirth zubrachte, weil ich allein zu der Lebensart eines solchen qualificiert war, indem ich weder Gelehrsamkeit noch andere Geschicklichkeit besaß.

Als ich am Thore ankam, schien Minos anfänglich wiederum unschlüssig zu seyn, doch endlich entließ er mich und sagte, ich habe mich zwar vieler abscheulicher Verbrechen schuldig gemacht, aber doch, obgleich ich General gewesen wäre, kein Menschenblut vergossen, ich solle also wiederum auf die Erde zurückkehren.

Nunmehr ward ich zu Alexandrien wieder geboren, und zwar durch einen sonderbaren Zufall von meiner Schwiegertochter; ich war also mein eigener Enkel und erbte das vorher von mir erworbene große Vermögen.

Nun wurde Ausschweifung so sehr mein notorischer Fehler als vormahls Geitz, und ich verschwendete in einem sehr kurzen Leben dasjenige, was ich durch meine Arbeit in einem langen Leben zusammengescharret hatte. Ihr werdet vielleicht glauben, mein damahliger Zustand sey beneidenswerther als der vorige gewesen; allein auf mein Wort, das war er nicht sonderlich, denn da ich fast alles Mögliche schon besaß, ehe ich es verlangte, so konnte ich schwerlich je sagen, daß ich Gefallen an einem Wunsche fand; kaum empfand ich jemahls das Vergnügen, welches man sonst empfindet, wenn eine heftige Begierde befriedigt wird. Überdem, da ich niemahls nachdachte, war mir meine Seele unnütze, und ich wußte von allen den Vergnügungen, die in ihr den Grund haben, ganz und gar nichts. Meine Erziehung hatte mir keinen Geschmack an dem Feineren anderer Genüsse beybringen können, und so ekelte mich in der Mitte des Überflusses alles an. Für das Schöne hatte ich keinen Sinn, und von den größten körperlichen Entzückungen fühlte ich nicht mehr als das niederste Thier. Mit einem Worte, so wie ich als Geitzhals Überfluß gehabt hatte, ohne den Muth, ihn zu gebrauchen, so hatte ich ihn nun ohne Appetit.

War ich aber schon in der Höhe meines Wohlstandes

nicht sonderlich glücklich gewesen, so ward ich hernach vollkommen elend; Krankheit überfiel mich bald, Noth und Jammer wurde mein Loos, und ich beschloß mit geschwächtem Körper und gebrochenem Herzen mein Leben im Gefängnisse. Das Urtheil, das Minos alsdann über mich fällte, war gewiß nicht zu gelind. Er verdammte mich, eine gute Dosis Geitz einzunehmen und dann drey Jahre lang an den Ufern des Cocytus herumzuwandern, in dem Bewußtseyn, als Enkel das Vermögen vergeudet zu haben, das ich als Großvater gesammelt hatte.

Bey meiner nachherigen Rückkehr in die Welt wurde Constantinopel mein Geburtsort, und mein Vater war ein Zimmermann. Die erste Begebenheit, welcher ich mich erinnere, war Belisars Triumph – allerdings das herrlichste Schauspiel; doch nichts gefiel mir dabey so gut als Gelimer, der gefangene König der Africanischen Vandalen, der bey der Gelegenheit mit herumgeführt wurde und voll Unmuth über den Umschlag seines Glückes und den nichtigen, lächerlichen Pomp des Siegers laut ausrief: *›Eitelkeit der Eitelkeiten, alles ist Eitelkeit!‹*

Man erzog mich zum Handwerke meines Vaters, und Ihr möget leicht erachten, daß in einem so kleinen Wirkungskreise keine für Euch wissenswürdigen Ereignisse vorfallen konnten. Doch ich heirathete eine Frau, die mir gefiel, und sie erwies sich als eine ganz erträgliche Gattinn. Meine Tage verflossen unter schweren Arbeiten, die mich gesund erhielten, und ich genoß an der Seite meiner Frau ein einfaches Abendessen mit größerem Vergnügen, als vornehmere Leute, wie ich glaube, bey ihren schwelgerischen Mahlzeiten empfinden. Mein Leben hatte fast gar keine Abwechslung, und nach meinem Tode trat ich zum Minos mit dem starken Vertrauen, durch das Thor eingelassen zu werden; unglücklicher Weise aber mußte ich ihm einige Betrügereyen eingestehen, derer ich mich schuldig gemacht hatte, wenn ich nach dem Fußmaaß arbeitete, und meine Trägheit, wenn ich für Taglohn arbeitete. Der darüber entrüstete Richter ergriff mich, als ich hinein wollte, bey den Schultern und drehte mich so gewaltsam zurück, daß, wenn ich ein Genick aus Fleisch und Knochen gehabt hätte, er es unfehlbar gebrochen haben würde.«

Dreyzehntes Capitel

Julian wird ein Beau.

Mein Schauplatz war darauf Rom. Ich wurde in einer vornehmen Familie als Erbe eines beträchtlichen Vermögens geboren. Bey den Umständen glaubten meine Eltern, ich bedürfe weiter keiner Talente, und beschlossen gütig und klüglich, mich mit nichts von der Art zu beschweren. In meiner Jugend erhielt ich deßwegen gar keinen Unterricht als von einem gewissen Saltator, der meine Beine zu verschiedenen Bewegungen abrichtete, und von einem anderen nahmens Ficus, dessen Amt es war, mich die sauberste Art zu lehren (wie er sagte), einem Menschen den Kopf abzuhauen. Als ich in diesen Wissenschaften hinlänglich geschickt war, glaubte ich, mir fehle nun nur noch dasjenige, was die Römischen Künstler, die den Papst zu bekleiden und zu schmücken hatten, mir liefern konnten. Wohl ausstaffiert mit allem, was ihre ganze Kraft hervorzubringen vermochte, wurde ich im zwanzigsten Jahre meines Alters ein ganz vollendeter Beau. Und nun putzte ich mich, sang und tanzte, tanzte und sang, verbückte mich und liebäugelte, liebäugelte und bückte mich, während voller fünf und vierzig Jahre; bis ich im sechs und sechzigsten Jahre meines Lebens nach einer zu starken Erhitzung beym Tanze mich verkältete und starb.

Minos sagte mir, ich sey des Elysiums unwürdig und für die Verdammniß zu unbedeutend, ich müsse also zurückwandern.«

Vierzehntes Capitel

Julians Abenteuer in der Person eines Mönchs.

Das Schicksal ließ mich darauf ein jüngerer Bruder in einer vornehmen Familie werden, und man schickte mich in meiner Jugend in die Schule; aber in der Gelehrsamkeit war zu dieser Zeit eine so niedrige Ebbe eingetreten, daß selbst mein Lehrmeister einen Lateinischen Satz nur mit Mühe zusammensetzen konnte, und Griechisch konnte er nicht einmahl lesen. Mit sehr wenigen Kenntnissen und mit eben so wenig Tugend versehen ward ich für die Kirche bestimmt und ging im erforderlichen Alter in ein Kloster. Das Leben, das ich von nun an viele Jahre lang in einer einsamen Zelle zubrachte, behagte sehr meinem finstern Temperament oder meiner starken Neigung, die Welt zu verachten; das ist, mit andern Worten, alle Menschen von höheren Ständen und Eigenschaften zu beneiden und überhaupt das ganze Menschengeschlecht zu hassen und zu verabscheuen. Doch konnte ich mich bey schicklichen Gelegenheiten herablassen, selbst den allerschlechtesten Kerlen zu schmeicheln, wie ich es unter andern mit einem gewissen Stephan machte, einem Eunuchen und Günstlinge des Kaisers Justinian II., einem der verruchtesten Bösewichter, welche die Welt vielleicht jemahls gesehen hat. Ich schrieb nicht allein eine Lobrede auf ihn, sondern empfahl ihn auch in meinen Predigten als ein Muster der Nachahmung für jedermann. Dadurch erwarb ich mir seine Gunst so sehr, daß er mich bey dem Kaiser einführte; und dieser, durch eben solche Künste gewonnen, nahm mich bald hernach aus meinem Kloster und gab mir eine Stellung an seinem Hofe. Kaum hatte ich das Vertrauen des Kaisers erworben, versäumte ich keinen Augenblick, ihn zu allerley Grausamkeiten anzureitzen. Weil ich nähmlich eine rauhe und mürrische Gemüthsart hatte, haßte ich nichts so sehr als die in einem Menschengesichte erscheinenden Zeichen von Glück und Frohsinn und erklärte alle Arten von Vergnügungen und Zeitvertreiben als die erschrecklichsten Sünden. Ich zog über Munterkeit als über Leichtfertigkeit her und lobte nichts außer der Ernsthaftigkeit, oder, wenn ich Euch die Wahrheit bekennen soll, außer der Heucheley. Der unglückliche Kaiser folgte meinem Rathe und erbitterte das Volk durch unzählige barbarische Handlungen so sehr, daß es ihn endlich absetzte und verbannte.

Ich zog mich sogleich in meine Zelle zurück (denn die Geschichtsschreiber irren sich, wenn sie melden, ich sey hingerichtet worden), wo ich Schutz und Sicherheit gegen den erzürnten Pöbel fand, den ich in meinem Herzen wohl eben so sehr verfluchte als er mich.

Nach einer dreyjährigen Verbannung kam Justinian verkleidet nach Constantinopel zurück und besuchte mich. Ich wollte ihn anfänglich nicht erkennen und ohne die mindeste Empfindung von Dankbarkeit für seine ehemahlige Gnade ihn nicht aufnehmen, bis mir gleich darauf einfiel, was für Nutzen aus ihm zu ziehen wäre; ich stellte mich also, als besönne ich mich auf ihn, klagte über mein schlechtes Gedächtniß und meine schwachen Augen, sprang auf und umarmte ihn mit großer Herzlichkeit.

Mein Plan war, ihn dem Apsimar zu verrathen, und ich versprach mir von diesem eine reichliche Belohnung für einen so großen Dienst. Ich ersuchte daher meinen Gast sehr inständig, den ganzen Abend bey mir zuzubringen, und er willigte ein. Nachdem ich mir sodann Erlaubniß ausgebethen hatte, ihn einige Minuten zu verlassen, lief ich in den Pallast, um Apsimar den Gast zu entdecken, den ich in meiner Zelle beherbergte. Er beorderte alsbald einen Gardisten, mit mir zu gehen, um sich seiner zu bemächtigen. Allein, ich weiß nicht, ob dieser durch mein längeres Ausbleiben argwöhnisch geworden oder nach meinem Weggehen auf andere Gedanken gekommen war, wenigstens fanden wir ihn bey unserer Ankunft nicht mehr vor, noch konnten wir, so sorgfältig wir ihm nachspürten, ihn irgendwo entdecken.

Apsimar ward nun, da seine Beute ihm entronnen war, wüthend über mich und drohte mir anfangs die fürchterlichste Rache, wenn ich den abgesetzten Monarchen nicht herbeyschaffte. Ich besänftigte aber doch seinen Zorn, als dieser auf das Höchste gestiegen war, und fand hernach durch meine Zweydeutigkeiten und Schmeichelkünste Mittel, ihm auszuweichen.

Nach Justinians Wiedereinsetzung in die kaiserliche Würde ging ich dreist an den Hof, um ihm Glück zu wünschen; aber es schien, als habe er von meinem Thun gehört, so daß er mich erst mit Kälte empfing und mich darnach des Verrathes beschuldigte. Ich leugnete alles herzhaft und beharrlich, weil ich wußte, daß kein augenscheinliches Zeugniß gegen mich zu erbringen seyn würde. Da er aber unversöhnlich blieb, so rächte ich mich dadurch, daß ich ihn in meinen Predigten und bey jeder anderen Gelegenheit als einen Ungläubigen, Ketzer, Atheisten, Heiden und Arianer verlästerte. Das that ich gleich nach seiner Wiedereinsetzung, und ehe er noch die himmelschreyenden Beweise von seiner Unmenschlichkeit, wodurch alle meine Behauptungen genugsam bewahrheitet wurden, gegeben hatte.

Zu meinem Glücke starb ich an dem nähmlichen Tage, an welchem ein großer Theil der von ihm in den Thracischen Bosporus abgeschickten Truppen nach Verübung unerhörter Grausamkeiten umkam. Jeder von ihnen wurde in den höllischen Abgrund hinabgestürzet, und Minos, der dieser unaufhörlichen Verdammungen überdrüssig ward, verkündete, daß alle Anwesenden, die an dem blutigen Feldzuge keinen Antheil gehabt hätten, wenn es ihnen beliebte, in die andere Welt zurückkehren könnten. Ich nahm ihn bey seinem Worte, drehte mich sogleich um und trat meine Rückreise an.«

Fünfzehntes Capitel

Julian schlüpft in die Rolle eines Fiedlers.

Rom wurde nun mein Geburtsort. Meine Mutter war eine Africanerinn, eine Frau von keiner besondern Schönheit, aber dennoch, vermuthlich wegen ihrer Frömmigkeit, bey dem Papste Gregor II. sehr beliebt. Wer mein Vater war, weiß ich nicht, aber ich glaube, er war kein sonderlich vornehmer Mann; denn nach dem Tode dieses Papstes, der auf Grund seiner Heiligkeit ein großer Freund meiner Mutter war, kamen wir in große Noth und mußten zuletzt sogar um unserer Nahrung willen die Gassen von Rom durchstreifen; unsere einzige Hilfe war eine Geige, die ich mit ziemlicher Fertigkeit spielte, denn weil ich eine angeborene Anlage zur Musik hatte, war ich schon früh in meiner Jugend auf Kosten des gütigen Papstes unterwiesen worden. Hierdurch erwarben wir uns aber nur einen armseligen Unterhalt; denn obgleich oft ganze Schaaren von Zuhörern mich umgaben, so hielten sich doch immer nur wenige für verbunden, dem armen hungrigen Schelm, der sie eben belustigt hatte, eine kleine Ergetzlichkeit zu schenken. Ja, einige von ernsthafterer Denkungsart gingen nach stundenlangem Zuhören mit Kopfschütteln weg und riefen, es sey schändlich, daß man solchen Vagabunden einen Aufenthalt in der Stadt vergönne.

Die Wahrheit zu gestehen, die Geige würde uns sicherlich nicht am Leben erhalten haben, wenn wir uns bloß auf die Freygebigkeit meiner Zuhörer verlassen hätten. Deßwegen war meine Mutter genöthigt, ein kleines Nebengewerbe zu ergreifen; und während ich die Ohren der Menge ergetzte, so machte sie sich an ihre Taschen, und gemeiniglich mit so glücklichem Erfolg, daß wir nun einen ganz guten Unterhalt darbey fanden; und wirklich, wenn wir die mindeste Vorsicht und Klugheit geübt hätten, so würden wir bald so viel erworben haben, um diese gefährliche und unehrliche Lebensart zu verlassen; allein ich weiß nicht, woher es rühren mag, daß das mit Arbeit und Recht erworbene Geld sich gut erhält, dasjenige hingegen, welches man mit Gefahr und Leichtigkeit erwirbt, eben so geschwind und oft eben so lästerlich sich zerstreut, als es einkommt. So richteten wir unsere Ausgaben weniger nach dem, was wir hatten, als nach unseren Bedürfnissen oder selbst nach unsern Wünschen, und zwangen, wenn wir eine beträchtliche Beute gemacht hatten, die Natur zur übertriebensten Ausschweifung und waren ruchlos ohne Neigung dazu.

Dieses Diebesgewerbe setzten wir lange Zeit unentdeckt fort; aber so wie das Glück gemeiniglich Personen, die sich außerordentlich große Freyheiten erlauben, zuletzt im Stiche läßt, so verfuhr es auch mit uns; meine arme Mutter wurde auf der That ertappt und mit mir zusammen, als ihrem Mitschuldigen, vor die Obrigkeit geschleppt.

Zu unserm Glück war unser Richter der größte Musikliebhaber in der ganzen Stadt und hatte mich schon öfters zu sich rufen lassen, um vor ihm zu spielen, mich aber immer nur kärglich belohnet, und deßwegen ließ er sich vielleicht jetzt zur Dankbarkeit bewegen; doch welchen Beweggrund er auch immer haben mochte, er fuhr die Kläger mürrisch an, und bewies sich gegen ihre Beweisgründe so wenig günstig, daß sie bald verstummten und wir mit Ehre loskamen; uns loskauften, hätte ich eher sagen sollen, denn man ließ uns nicht eher weg, bis ich dem Richter etliche Stücke auf der Geige zum Besten gegeben hatte.

Wir entkamen bey dieser Gelegenheit desto leichter, weil der Bestohlene ein Dichter war und dieß dem Richter, einem kurzweiligen Manne, mancherley Veranlassung zum Scherzen gab. Er sagte, Poeten und Musikanten sollten sich gut mit einander verstehen, weil sie Schwestern geheirathet hätten, womit er, wie er hernach erklärte, die verschwisterten Künste meinte. Und als das

Goldstück vorgewiesen wurde, brach er in ein lautes Gelächter aus und sagte, es müsse wohl das Goldene Zeitalter angebrochen seyn, wenn Dichter Gold in der Tasche führten; aber in diesem Zeitalter könne es doch keine Diebe geben. Er fügte noch mehr Späße dieser Art hinzu, aber jenes Pröbchen reicht wohl hin.

Es ist ein gemeiner Spruch, daß man sich durch eine bemerkenswerthe Rettung warnen lassen soll; allein, ich halte ihn nicht für richtig, denn es scheinet mir vielmehr so, daß ein Missethäter, wenn er loskommt, eher dreister als behutsam werden muß, und diese Wirkung zeigte sich nun auch an uns: Wir lachten über das Gesetz und verachteten seine Strafen, denen wir ja, wie wir sahen, trotz dem augenscheinlichsten Beweise entkommen waren. Wir bildeten uns ein, dieß Beyspiel sey mehr für den Kläger eine Warnung als für den Angeklagten, und gingen folglich auf die unverschämteste und schändlichste Weise auf dem Wege des Lasters weiter.

Neben andern Räubereyen wurden wir in einer Nacht von den Bedienten in das Haus eines reichen Priesters eingelassen, und während die Bedienten zu meiner Musik tanzten, fand meine Mutter Gelegenheit, ein silbernes Gefäß zu entwenden. Sie hatte zwar keine kirchenräuberische Absicht dabey, aber der Kelch, welcher von ansehnlicher Größe war, diente sonst zu heiligem Gebrauche und war nur von dem Priester für ein Gastmahl, das er einigen Amtsbrüdern gab, erborget worden. Wir wurden sogleich des Diebstahls überführet (denn man fand das Gefäß bey uns) und vor den selben Richter geführt, der uns vorher so gelind behandelt hatte; aber sein Gesicht war dießmahl ganz verändert; denn sobald der Priester gegen uns auftrat, war Strenge in ihm augenblicklich eben so sichtbar, als das vorige Mahl Güte, und wir wurden beyde verurtheilt, nackt durch die Gassen gepeitscht zu werden.

Dieses Urtheil ward mit großer Strenge vollzogen, der Priester selbst begleitete und ermunterte den Henker, was er, wie er sagte, zum Heil unsrer Seelen that. Obgleich aber unser beyder Rücken ganz zerfleischet wurde, so schmerzten doch das Leiden meiner Mutter und mein eignes mich nicht so sehr wie die Beschimpfung meiner armen Geige, welche im Triumphe vor mir hergetragen und von dem Pöbel verächtlich behandelt ward, als sey die Kunst, welche ich auszuüben die Ehre hatte, eine große Schande, wo sie doch eine der edelsten menschlichen Empfindungen ist, in welcher ich es nach meiner stolzen Einbildung zum höchsten Grade der Vollkommenheit gebracht hatte; die Mißhandlung meiner Geige ging mir so nahe, daß ich gern meine übrige Haut hergegeben hätte, um ihr solchen Schimpf zu ersparen.

Meine Mutter überlebte den Staupenschlag nur eine kurze Zeit, und ich gerieth in große Noth und Elend, bis ein vornehmer Römischer Jüngling mich mit seiner Zuneigung und Vertraulichkeit beehrte und mich in sein Haus aufnahm. Er hatte eine heftige Liebe zur Musik und wollte die Geige spielen lernen, konnte es aber, weil ihm die natürliche Anlage zu dieser Kunst fehlte, nicht weit darin bringen. Ich schmeichelte ihm dessen ungeachtet wegen seines Spielens, und er gewann mich deßwegen ganz außerordentlich lieb. Hätte ich dieß Betragen fortgesetzt, so hätte ich, aller Wahrscheinlichkeit nach, die größten Vortheile von seiner Güte gezogen; allein er hatte nun einmahl eine so hohe Meinung von seiner musikalischen Geschicklichkeit durch mich bekommen, daß er sie selbst der meinigen vorzuziehen begann, und das war eine Anmaaßung, die ich nicht ertragen konnte. Eines Tages, als wir ein Concert spielten, kam er fürchterlich aus dem Tacte, und da er alle Harmonie dadurch störte, so mußte ich es ihm sagen. An Statt meine Belehrung anzunehmen, antwortete er, das Versehen sey von mir und nicht von ihm begangen worden, ich hätte mich im Ton geirrt. Ein solcher Schimpf von meinem eigenen Schüler überstieg alle menschliche Geduld; ich ward von heftigem Zorn ergriffen, warf mein Instrument wüthend hin und schwor, in meinem Alter ließe ich mich nicht mehr Musik lehren. Er antwortete eben so hitzig, auch er würde sich von keinem Gassenfiedler unterrichten lassen. Der Streit endigte damit, daß wir uns auf ein Wettspiel vor Schiedsrichtern herausforderten. Ich gewann zwar den Preis, aber er kam mich theuer zu stehen, weil ich dadurch meinen Freund verlor, der mir nunmehr alle Beweise seiner Güte, meine schimpfliche Strafe und den verlassenen Zustand, aus dem er mich gezogen hatte, vorhielt und mir den Abschied auf immer gab.

Während meines Aufenthaltes bey diesem Herrn hatte ich unter andern auch eine gewisse Sabina kennen gelernt, eine Dame von Stande, die sich auf ihren Geschmack an der Musik viel einbildete. Sobald dieselbe meine Verabschiedung erfahren hatte, nahm sie mich zu sich und kleidete und nährte mich auf das Allerbeste. Dessen ungeachtet war meine Lage bey ihr nichts weniger als angenehm, denn ich mußte mir ihre immerwährenden Tadel in Gesellschaften gefallen lassen, die mir desto mehr zuwider waren, weil sie allezeit Unrecht hatte; auch weiß ich nicht, ob sie nicht durch dergleichen Reitzungen zu meinem Tode beytrug; denn da ich, von der Erfahrung gewitziget, meinen Zorn um des Brotes willen in mich fraß, so nagte derselbe, weil er äußerlich keine Luft bekam, inwendig an den Lebenstheilen und verursachte vielleicht die Unpäßlichkeit, die mich befiel.

Die Dame, die mir, ungeachtet aller Fehler, die sie an mir fand, gar sehr gewogen war, ja mir vermuthlich desto mehr gewogen war, je mehrere sie fand, ließ sogleich drey berühmte Ärzte zu Hilfe rufen. Die Doctoren besuchten (denn sie wurden gut bezahlt) mich in drey Tagen sieben Mahl, und zwey von ihnen waren schon vor der Thüre, um mich zum achten Mahle zu besuchen, als man ihnen meldete, ich sey eben gestorben, worauf sie die Köpfe schüttelten und weggingen.

Bey meiner Ankunft am Thore fragte Minos mich mit einem Lächeln, ob ich meine Geige mitgebracht habe, und als ich ›Nein‹ antwortete, hieß er mich meinem Geschäfte nachgehen, denn, setzte er hinzu, es sey gut für mich, daß der Teufel die Musik nicht liebe.«

Sechzehntes Capitel

Die Geschichte des weisen Mannes.

Ich erschien wieder zu Rom, aber in einem ganz andern Charakter. Das Schicksal hatte mir dießmahl eine sehr ernsthafte Rolle durch das Loos zugetheilt. Schon in meiner Kindheit hatte ich einen Ansatz zur Ernsthaftigkeit, und man sah mich niemahls lächeln, woraus alle, die um mich waren, schlossen, ich sey ein sehr solides Kind; einige sahen voraus, ich werde ein Richter, andere, ich werde ein Bischof werden. Als ich zwey Jahre alt war, schenkte mir mein Vater eine Klapper, aber ich brach sie mit großem Unwillen in Stücke. Das sah der gute überweise Mann für ein bedeutendes Vorzeichen meiner Weisheit an und rief ganz verzückt: ›Wohl gemacht, Junge, ich bürge dafür, du wirst ein großer Mann.‹

In der Schule ließ ich mich niemahls bewegen, mit meinen Cameraden zu spielen; aber eben so wenig brachte ich die Zeit mit Lernen zu, wozu ich nicht im Mindesten Neigung und auch kein Talent besaß. Dessen ungeachtet nahm ich durch die Ernsthaftigkeit meines Betragens meinen Lehrmeister, einen sehr scharfsichtigen Mann, so sehr für mich ein, daß ich zu seinem Lieblingsschüler wurde und er mich den übrigen Knaben bey jeder Gelegenheit empfahl und pries, welches sie mit Neid, mich hingegen mit Vergnügen erfüllte; aber bey allem Neide begegneten sie mir dann doch mit der unwillkürlichen Achtung, welche jeglicher Neider für den Beneideten zu hegen verdammt ist.

Ich hatte nunmehr allerorten den Ruhm eines sehr weisen Jünglings erlangt, den ich mir jedoch nicht ohne Mühe erwarb; denn der Zwang, den ich mir auferlegte, indem ich mich der verschiedenen Vergnügungen enthielt, die meinem Alter angemessen gewesen wären, kostete mich Schmerzen genug; aber der innere Stolz auf die eingebildete Würde meines Charakters gewährte mir einigen Ersatz.

Also erreichte ich ohne sonderlich denkwürdige Vorfälle das drey und zwanzigste Jahr meines Lebens, als ich zu meinem Unglücke mit einer jungen Neapolitanerinn mit Nahmen Ariadne bekannt wurde. Sie war von einer so ausnehmenden Schönheit, daß ihr erster Anblick einen starken Eindruck auf mich machte; dieser wurde durch ihr äußerst artiges, ungezwungenes und leutseliges Benehmen noch verstärkt, und der Umgang mit ihr, worin sich ihr scharfer und lebhafter Verstand und das sanfteste, gütigste Gemüth offenbarten, vollendete ihren Sieg über mich. Diese liebenswürdige Person war ungefähr achtzehn Jahre alt, als ich sie zu meinem Unglücke erstmahls in Rom, auf einem Besuch bey einer Verwandten, mit welcher ich sehr vertraut war, zu sehen bekam. Da wir anfänglich gar oft zusammen trafen, war mein Herz überwältigt, ehe ich die mindeste Gefahr befürchtete, und das geschah vermuthlich um so viel eher, weil die junge Dame selbst, welcher ich mich auf alle ersinnliche Art zu empfehlen suchte, es nicht übel aufnahm, daß ich ihr Bewunderer ward.

Nach einem dreymonathlichen Aufenthalte zu Rom kehrte Ariadne nach Neapel zurück und nahm mein Herz mit sich; auf der andern Seite besaß ich alle Versicherungen, die mit dem Zwange bestehen können, welchen die vollkommenste Sittsamkeit einer jungen Dame vorschreibt, daß auch ihr Herz nicht ganz unberührt sey. Ihre Abwesenheit versetzte mich bald in eine Unruhe, die nicht leicht zu ertragen oder zu beheben war. Ich suchte meine Zuflucht nun zuerst in allerley Zerstreuungen (besonders in ernsthafteren, insbesondere in der Musik), aber vergebens; sie verstärkten meine Sehnsucht nur noch mehr und vergrößerten meine Betrübniß. Meine Leidenschaft ward endlich so heftig, daß ich anfing, auf ihre Befriedigung zu sinnen. Der erste Schritt war, daß ich mich behutsam nach den Umständen von Adriadnens

Eltern erkundigte, wovon ich vorher nichts wußte und wovon ich auch, obschon die Tochter eine so schöne Figur zu Rom gemacht hatte, nicht sonderlich viel erwartete. Ich erfuhr, ihr Vermögen sey größer als ich geglaubet hatte, aber doch nicht ansehnlich genug, daß es, nach der Meinung der Klugen und Weisen, eine eheliche Verbindung mit ihr hätte rechtfertigen können. Nun begann in mir ein heftiger Kampf zwischen der Weisheit und dem Glück, worin nach vielen schlimmen Qualen die Weisheit die Oberhand gewann. Ich konnte mich keineswegs überreden, den Charakter eines gründlichen Weisen aufzuopfern, den ich mir durch mein gleichförmiges Betragen erworben und mit so vieler Sorgfalt behauptet hatte. Ich beschloß also, was es auch kosten möchte, meine Liebe zu besiegen; und wahrlich, es kostete mich nicht wenig.

Während dieses langwierigen Zweykampfes kam Ariadne wieder nach Rom, und ihre Gegenwart wurde eine furchtbare Feindinn meiner Weisheit, welche schon in ihrer Abwesenheit nur mit Mühe hatte Stand halten können. Es scheint (und das hat sie mir seitdem im Elysium mit vieler Lustigkeit erzählet), ich hatte eben solche Eindrücke auf sie als sie auf mich gemacht. In der That, so glaube ich, würde meine Weisheit durch diese Überraschung eine völlige Niederlage erlitten haben, wenn sie mir nicht listiger Weise ein Mittel eingegeben hätte, meine Leidenschaft zu befriedigen, ohne meinem Rufe zu schaden. Ich wollte sie nähmlich insgeheim zu meiner Mätresse annehmen, was damahls in Rom ehrbar genug war, wenn man die Sache nur mit einer gewissen Schlauigkeit und mit Ernst behandelte, auch wenn das Geheimniß der ganzen Stadt bekannt war.

Ich schritt sogleich zur Ausführung meines Projects und setzte hierzu jede Kunst und jedes Werkzeug in Bewegung. Besonders bediente ich mich ihres Beichtvaters und einer alten Bekannten und weitläufigen Verwandten von ihr, welche ich beyde durch Bestechungen auf meine Seite gebracht hatte, aber alle Versuche waren umsonst; ihre Tugend widerstand der Leidenschaft in ihrer Brust eben so tapfer, als meine Weisheit der meinigen widerstanden hatte. Sie nahm den Antrag mit äußerster Verachtung auf und erklärte sogleich, sie wolle von mir schlechterdings nichts mehr hören und sehen.

Sie kehrte wieder nach Neapel zurück und hinterließ mich in einer noch schlimmeren Lage als das vorige Mahl. Meine Tage verlebte ich von nun an in verdrießlichster Mißlaune, und meine Nächte waren unruhig und schlaflos. Die Geschichte unserer Liebschaft war nun schon recht bekannt geworden, und die Damen redeten von unserer Heirath als gewiß; nur meine Bekannten stimmten ihnen nicht bey, sondern sagten: ›Nein, nein, er ist viel zu weise, um ein so unkluges Ehebündniß zu schließen.‹ Diese ihre Meinung machte mir, wie ich zugebe, sehr große Freude, glich aber, um die Wahrheit zu gestehen, kaum die Schmerzen aus, die ich erdulden mußte, um sie aufrecht zu erhalten.

Einst, als ich die Sache bey mir von neuem erwog, und beynahe schon entschlossen war, mich meines Glückes um den Preis meines Charakters zu versichern, brachte mir ein Freund die Nachricht, daß Ariadne sich verheirathet habe. Diese Neuigkeit traf mich wie ein Donnerschlag; ich hatte zwar Kraft genug, um in meines Freundes Gegenwart gefaßt zu bleiben (wodurch mein Schmerz nicht wenig vergrößert ward), kaum aber war ich allein, so stürzte ich mich in die ärgste Verzweiflung und hätte mich gerne von Weisheit, Vermögen und allem andern getrennet, wenn ich sie dadurch hätte wieder bekommen können; doch das war nunmehr unmöglich, und ich konnte meine Heilung von nichts anderm als von der Zeit erwarten. Diese Heilung war um so beschwerlicher, weil Ariadne, die einen Römischen Edelmann geheirathet hatte, ihre Wohnung in meiner Nachbarschaft nahm, und ich die Kränkung hatte, sie, die würdigste Gattinn und das von mir verlorne Glück, täglich vor meinen Augen zu sehen.

Wenn ich auch wegen meiner Weisheit viel erlitt, da sie mir die Verbindung mit der Ariadne abgerathen hatte, so verdankte ich ihr nicht viel mehr dafür, daß sie mir eine reiche Witwe zur Ehegattinn verschaffte, die mir von einem alten Freunde als eine sehr kluge Partie anempfohlen wurde; und das war sie auch wirklich, denn ihr Vermögen überstieg das meinige so sehr, als dieses das Vermögen der Ariadne überstiegen hatte. Ich ergriff daher diesen Vorschlag, und meine allberühmte Weisheit sprach bey der Witwe, einer ungemein ernsthaften und verständigen Dame, so nachdrücklich für mich, daß ich meinen Wunsch bald erreichte; und so bald, als der Anstand (welchen die Dame auf das Pünctlichste beachtete) es verstatten konnte, wurden wir getrauet; das geschah am zweyten Tage der zweyten Woche des zweyten Jahres nach dem Tode ihres vorigen Gatten, denn sie sagte, einige Zeit über das volle Jahr habe einen großen Schein von Wohlanständigkeit.

Aber so verständig diese Dame auch war, so machte sie mich doch unglücklich. Ihre Person war nichts weniger als liebenswürdig, ihre Gemüthsart aber war unerträglich. In den fünfzehn Jahren, die wir beysammen lebten, verfloß kein Tag, an dem ich sie und die Stunde, die uns zusammengebracht hatte, nicht herzlich verwünschet hätte. Der einzige Trost, der mir mitten unter den empfindlichsten Qualen blieb, bestand darin, daß alle meine Bekannten meine Ehe immer als etwas höchst Kluges priesen.

So theuer, wie Ihr sehet, erkaufte ich den Ruf eines weisen Mannes in Sachen der Liebe. In andern Fällen erhielt ich ihn zwar etwas wohlfeiler; allein der Kaufpreis, den ich dafür gab, die Heucheley, ist dennoch niemahls ohne einige Mühe und Beschwerde. So habe ich tausend kleine Ergetzungen, wozu ich eine natürliche

Neigung hatte, mit verstellter Verachtung von mir weisen müssen. So bin ich, um mich des Lachens über einen freyen Scherz zu erwehren, oft dem Ersticken nahe gekommen, und (was von allem, was zu meiner Heucheley gehörte, mir vielleicht am wenigsten nachtheilig war) ich habe mich an einem Buche, wovon ich öffentlich mit Verachtung gesprochen hatte, in meinem Cabinette oft herzlich vergnügt. Doch um meine Geschichte, die nur wenig erzählenswerthe Begebenheiten enthält, kurz zusammenzufassen, mein ganzes Leben war eine einzige ununterbrochene Lüge, und ich würde glücklich gewesen seyn, wenn ich mich selbst hätte eben so vollkommen als andere betrügen können; allein mein Nachdenken, so oft es sich einstellte, erinnerte mich, daß ich nicht so weise sey, wie andere glaubten, und das verbitterte mir die Freude, welche ich über das allgemeine Lobpreisen meiner Weisheit empfand, nicht wenig. Diese Selbstermahnung ist meiner Meinung nach wie ein *Memento mori** oder *Mortalis es*** eine sehr gefährliche Feindinn der Schmeicheley und wiegt schwer genug, allem falschen Ruhme der Welt das Gegengewicht zu halten. Doch ob die Mehrzahl der Weisen meiner Art niemahls über sich nachdenkt oder ob sie durch das beständige Betrügen anderer so der Täuschung verfallen sind, daß sie auch sich selbst betrügen, das will ich unbestimmt lassen; sicherlich aber, so glaube ich, wissen nur wenige von ihnen besser, was für Thoren sie sind, als die Welt weiß. Gütiger Himmel! Könnte man doch sehen, was oft in dem Cabinette der Weisheit vorgehet! Wie lächerlich würde dann der Anblick seyn, wenn man den Weisen, der seinen Gaumen zu casteyen vorgibt, leckere Pastetchen verschlingen, wenn man den nüchternen Weisen mit seiner Branntweinflasche oder den Anticarnalisten (falls mir dieser Ausdruck verstattet ist) über ein unzüch-

* Gedenke des Todes. (A. d. Ü.)
** Du bist sterblich. (A. d. Ü.)

tiges Buch oder Gemählde schmunzeln und seine Hausmagd liebkosen sähe. Doch will ich die Schilderung einer Rolle beschließen, worin ich, wie ich fürchte, eine weit lächerlichere Figur als in irgend einer andern auf der Bühne der Erde vorstellte. Meine Weisheit setzte sich zuletzt selbst ein Ende, d. i. sie verursachte meine Auflösung.

Ein Verwandter von mir im östlichen Theile des Reiches enterbte seinen Sohn und setzte mich zu seinem Erben ein. Das geschah mitten im härtesten Winter, in meinem drey und sechzigsten Jahre, als ich eben von einer gefährlichen Krankheit genesen war. Weil ich alle erdenklichen Gründe hatte zu vermuthen, daß die Familie des Verstorbenen sich gegen mich verschwören und auf die Seite bringen würde, was sie nur könnte, rathschlagte ich mit einem ernsthaften und weisen Freunde, was hier zu thun sey; ob ich selbst gleich abreisen, oder die Sache einem Notarius anvertrauen und meine Reise bis in den Frühling aufschieben solle. Um die Wahrheit zu sagen, ich war zu dem letztern geneigter, weil meine Umstände ohnedem höchst blühend waren, ich schon ein hohes Alter erreichet und keinen Menschen in der Welt hatte, dem ich das Meinige mit Vergnügen bey meinem Tode hätte vermachen können.

Mein Freund antwortete mir, er glaube, meine Frage gestatte weder Zweifel noch Überlegung; die gemeine Klugheit erfordere meine schleunige Abreise durchaus; und, so fügte er hinzu, wenn dasselbe gute Schicksal ihn betroffen hätte, würde er gewiß schon auf der Reise seyn. ›Denn ein Mann‹, fuhr er fort, ›der die Welt so gut kennt wie Ihr, würde gar keine Entschuldigung verdienen, wenn er Leuten, die nur zu sehr geneigt seyn müssen, ihn zu betrügen, eine so bequeme Gelegenheit dazu geben wollte. Was aber die Absendung eines Notars angehet, so gedenket an die herrliche Maxime: *Ne facias per alium, quod fieri potest per te**. Ich gebe zu, es ist ein übler

* Laß das durch keinen anderen thun, was du selbst thun kannst. (A. d. Ü.)

Umstand, daß die Witterung so schlecht ist und Ihr erst seit Kurzem wieder genesen seyd; aber ein weiser Mann muß alle Schwierigkeiten überwinden, welche ihm die Notwendigkeit in den Weg stellt.‹

Nach seinem Rathe war ich gleich fest entschlossen. Was er von der Pflicht eines Weisen sagte, machte einen unwiderstehlichen Eindruck auf mich, und ich hielt die Nothwendigkeit ohne weitere Prüfung für erwiesen. Dem zu Folge brach ich am nächsten Morgen auf, sehr stürmisches Wetter überfiel mich bald, und ich war noch keine drey Tage gereiset, als ich in mein Fieber zurückfiel und starb.

Ich sah mich bald darauf durch den Richter eben so grausam enttäuschet, wie ich vordem auf angenehme Weise überraschet worden war. Ich nahte dem Thore mit größter Zuversicht und dachte wirklich wegen der Weisheit in meiner Miene ohne jede Nachfrage eingelassen zu werden, aber das war mein Fall nicht; und zu meinem großen Erstaunen rief Minos mich mit drohender Stimme an: ›Ihr, Herr, dort mit dem ernsthaften Gesichte, wohin so eilig? Gebt mir, wenn es Euch beliebt, ehe Ihr weiter gehet, eine kurze Nachricht von Euren Geschäften da unten.‹ Ich fing also an und erzählte meine ganze Geschichte, am Ende eines jeden Satzes erwartend, er werde das Thor zu öffnen befehlen; aber ich wurde genöthiget, alles zu erzählen, bis Minos mich nach kurzer Überlegung wie folget ansprach: –

›Ihr, Herr Neunmahlklug, tretet hervor, wenn es Euch gefällig ist. Glaubt mir, mein Herr, ein Rückweg auf die Erde wird einer der weisesten Schritte seyn, die Ihr je gethan habt, und Eurer Weisheit mehr Ehre als jeder der vorigen machen. Auf der andern Seite wäre nichts einfältiger, als wenn Ihr ins Elysium wolltet; denn wer sonst als ein Narr bringt eine Waare von einem Orte, wo sie den höchsten Werth hat, an einen anderen, wo sie gar nichts gilt? Doch ich will Eure Ernsthaftigkeit nicht durch einen Scherz beleidigen; aber Ihr müßt dahin zurückkehren, woher Ihr kamet; denn das Elysium ist nicht für solche bestimmt, die zu weise sind, um glücklich zu seyn.‹

Dieser Urtheilsspruch bestürzte mich sehr, besonders, weil er mir zu drohen schien, ich solle meine Weisheit mit auf die Erde zurücknehmen. Ich sagte dem Richter, wenn er mich nicht zum Thore hineinlassen könne, so hoffte ich doch, in meinem vorigen Leben kein Verbrechen begangen zu haben, wodurch ich länger weise zu seyn verdienet hätte. Er antwortete, was das angehe, müsse ich mich in mein Schicksal fügen, und alsbald kehrten wir einander den Rücken zu.«

Siebenzehntes Capitel

Julian in der Person eines Königs.

Ich wurde nun zu Oviedo in Spanien geboren. Mein Vater hieß Veremond, und ich ward von meinem Oheime, König Alphonso dem Keuschen, adoptieret. Ich erinnere mich nicht, unter allen meinen Wanderungen auf der Erde meine Kindheit elender zugebracht zu haben als in dieser; ich lebte in der größten Einschränkung und im ärgsten Zwange, war von Ärzten umringt, die mich mit Arzneyen, und von Hofmeistern, die mich unaufhörlich mit Belehrungen plagten; selbst die Stunden der Muße, die ich gern zum Spielen verwandt hätte, schlichen unter langweiligem Pomp und Gepränge dahin, welches mich in einem Alter, worin ich noch keinen Ehrgeitz hatte, an der Kriecherey der Höflinge ein Vergnügen zu finden, zu einem größeren Sclaven machte als den geringsten unter ihnen. Doch als ich dem Mannesalter näher kam, gab mir mein Stand einigen Ersatz dafür; denn die schönsten Frauen warfen aus eigenem Triebe ihre Netze über mich aus, und ich hatte das Glück, die reitzendsten Geschöpfe ohne vorläufige und lästige Ceremonien der Liebesbewerbungen zu genießen, ein Glück, welches ein Mann von niedrigerem Stande nur bey den einfältigsten, jungen und unerfahrnen erlangen kann. Die Hofdamen hingegen verhielten sich mir gegenüber so wie Mannspersonen gegen die Schönsten des andern Geschlechts; und obgleich sie äußerlich einen Schein der Bescheidenheit beybehielten, so glaubten sie doch in Wirklichkeit mehr Gunstbezeugungen zu empfangen als zu ertheilen.

Ein weiteres Vergnügen, das ich genoß, bestand darin, Gunstbezeugungen anderer Art zu ertheilen; und da ich sehr viel Gutherzigkeit und Großmuth besaß, so hatte ich täglich Gelegenheit, diese Neigungen zu befriedigen. Meine kronprinzliche Einnahme war sehr ansehnlich und setzte mich in den Stand, viele gute freygebige Handlungen zu verrichten; überdem empfahl ich unzählige verdienstvolle aber bedürftige Menschen dem Könige, meinem Oheim, der dann die meisten derselben gern versorgte. In der That, wenn ich meine glückliche Lage in dieser Zeit hinlänglich erkannt hätte, so würde mich nichts mehr bekümmert haben als Alphonsens Tod, durch welchen die Regierungslast auf mich fiel; allein der Ehrgeitz ist so blind und findet so große Reitze an der Macht, dem Gepränge und Glanz einer Krone, daß, obgleich ich jenen König herzlich liebte und ihm den größten Dank schuldig war, doch die Vorstellung der Nachfolge meinen Schmerz über seinen Verlust vertrieb, und das Verlangen nach meiner bevorstehenden Krönung meine Augen bey seinem Leichenbegängnisse trocknete.

Bey dieser Liebe zum Königstitel vergaß ich aber doch derer nicht, welche ich beherrschen sollte. Ich betrachtete sie aus eben dem Gesichtspuncte, woraus ein zartfühlender Vater seine Kinder betrachtet, als Personen, deren Wohl Gott meiner Fürsorge anvertrauet habe; oder auch so, wie ein kluger Lehnsherr seine Lehnsleute ansieht, als solche, auf deren Wohlstand und Größe er seine eigene bauet. Beyde Betrachtungen beseelten mich mit größter Sorgfalt für ihr Bestes, und ihr Wohlergehen war mein erster und letzter Zweck.

Der Usurpator Mauregas hatte auf eine gottlose Weise sich und seine Nachfolger verpflichtet, den Mauren jährlich einen schändlichen Tribut von hundert Jungfrauen zu liefern; von dieser grausamen und anstößigen Bürde beschloß ich mein Land zu befreyen. Deßwegen befahl ich, als ihr Kaiser Abderames II. die Dreistigkeit hatte, diese Forderung auch an mich ergehen zu lassen, an Statt sie zu erfüllen, seine Gesandten mit allem erdenklichen Schimpfe wegzujagen; und ich hätte sie gewiß hinrichten lassen, wenn ich dieß ohne einen offenen Bruch des Völkerrechts hätte thun können.

Ich traf nun Anstalten, eine ungeheure Armee aufzubringen. Bey der Aushebung hielt ich vom Throne herab eine Rede, zeigte darin meinen Unterthanen die Nothwendigkeit und die Ursachen des Krieges, den ich anfangen wollte, und überzeugte sie, daß ich denselben nicht aus eitler Ehrsucht oder aus Privatfeindschaft, sondern ihrer eigenen Erleichterung und Sicherheit wegen unternähme. Alle erklärten einmüthig, sie wollten ihr Leben und ihr Theuerstes zu meiner Vertheidigung und zur Erhaltung der Ehre meiner Krone daran wagen. Demnach war meine Aushebung alsbald vollständig, und nur so viele Leute, als der Landbau erforderte, blieben zu Hause; Geistliche und sogar Bischöfe sammelten sich unter meinen Fahnen.

Die Armeen stießen bey Alvelda aufeinander, wir wurden mit unsäglichem Verluste geschlagen, und nur der glückliche Einbruch der Nacht rettete unsere übrigen Truppen.

Ich zog mich auf den Gipfel eines Hügels zurück, wo ich mich den ärgsten Qualen des Kummers überließ, nicht sowohl wegen der Gefahr, in der ich meine Krone sah, als wegen des Verlustes dieser Unglücklichen, die ihr Leben meinem Befehl anvertrauet hatten. Ich konnte dabey folgender Betrachtung nicht ausweichen: – Wenn der Tod dieser Leute in einem nur zu ihrem Schutze unternommenen Kriege mir solchen Gram verursachte, welcher Schauder würde mich befallen haben, wenn ich wie manche Fürsten dieselben meinem Stolze, der Eitelkeit und einer lächerlichen Machtgier aufgeopfert hätte?

Nachdem ich meinen Sorgen auf diese Weise eine Zeitlang Luft gemacht hatte, fing ich an zu überlegen, durch welche Mittel dem erlittenen Unglück nach Möglichkeit abgeholfen werden könnte; indem ich mich der großen Menge Priester in meiner Armee und der ungemeinen Stärke des Aberglaubens erinnerte, kam mir ganz von selbst der glückliche Gedanke, ich könnte vorgeben, der heilige Jacob sey mir erschienen und habe mir den Sieg versprochen. Während ich noch darüber nachdachte, trat der Bischof von Najara recht gelegen zu mir. Weil ich ihm meinen geheimen Entschluß nicht verrathen wollte, wählte ich einen andern Weg, und an Statt ihm auf das zu antworten, was er sagte, stellte ich mich, als redete ich mit dem heiligen Jacob, wie wenn dieser wahrhaftig zugegen sey; endlich, als ich glaubte, alles gesagt zu haben, was ich für nöthig erachtete, dankte ich dem Heiligen für das Versprechen des Sieges mit lauter Stimme und wandte mich zu dem Bischof, umarmte ihn mit heiterer Miene und versicherte ihn, ich hätte von seiner Gegenwart nichts gewußt; darauf gab ich ihm Nachricht von der angeblichen Erscheinung und fragte ihn, ob nicht auch er den Heiligen gesehen habe. Er antwortete, sehr wohl, und betheuerte sogleich, daß ich die Erscheinung des heiligen Jacob gänzlich seinen Gebethen zu verdanken habe, denn dieser sey sein Schutzheiliger. Er setzte hinzu, der Heilige sey ihm selbst vor wenigen Stunden erschienen, habe ihm einen Sieg über die Ungläubigen versprochen und zugleich den Tod des Bischofs von Toledo gemeldet. Obwohl diese Nachricht wirklich zutraf, war es doch so kürzlich geschehen, daß ich noch nichts davon gehört hatte (und auch wegen der weiten Entfernung nichts davon wissen konnte); als ich hernach die Gewißheit seines Todesfalles vernahm, so ward ich, ungeachtet ich sonst gar nicht abergläubig war, doch etwas stutzig, bis ich alsbald erfuhr, der Bischof habe bey einem eiligen Bothenritt drey Pferde verloren, dieß klärte mir die Sache auf.

Am folgenden Morgen bestieg der Bischof auf mein Verlangen die Rednertribüne und posaunte die erwähnte Vision, die er, wie er vorgab, zweymahl an demselben Abend mit seinen eigenen Augen gesehen hatte, so nachdrücklich aus, daß die ganze Armee von einem Geiste durchdrungen ward, der sie nahezu jeder anderen Macht überlegen machte; der Bischof behauptete, wer im geringsten am guten Erfolge zweifle, beschuldige den Heiligen einer Lüge und begehe eine Todsünde, und er nahm es auf sich, ihnen in dessen Nahmen den Sieg zu versprechen.

Kaum war das Heer ausgerückt, erfuhr ich die Wirkung des Enthusiasmus, denn, nachdem ich eine weitere Kriegslist* ersonnen hatte, um der Predigt des Bischofs noch mehr Kraft zu geben, fochten die Soldaten nicht wie Männer, sondern wie Furien. Meine List war diese: Ich hatte einen gewandten Burschen bey mir, der mir vordem als Kuppler gute Dienste gethan hatte. Diesen hieß ich eine seltsame antike Tracht anlegen, ein Paar weiße Fähnchen in die rechte und ein rothes Kreuz in die linke Hand nehmen und so bis zum Unkenntlichen verstellet, auf einem weißen Pferde an die Spitze der Armee reiten und ausrufen: ›Folget dem heiligen Jacob!‹ Alle Truppen wiederhohlten diese Worte und fielen den Feind so unerschrocken an, daß wir, obgleich geringer an der Zahl, bald einen vollkommenen Sieg erlangten.

Als der Feind zerstreuet war, kam der Bischof herzu und erzählte uns, der heilige Jacob sey ihm unterwegs wieder erschienen und habe ihm das Vorgefallene gemeldet; er fügte hinzu, er habe von dem Heiligen eindeutige Befehle empfangen, so müsse ihm eine beträchtliche Summe zu seinem eigenen Gebrauche bezahlet, auf ewige Zeiten eine Abgabe auf Korn und Wein an seine Kirche ausgesetzt, und zuletzt dem Heiligen selbst der Sold eines Reiters gewähret werden, der von ihm und seinen Nachfolgern einzunehmen wäre. Das Heer beantwortete diese Forderungen mit einem solchen Beyfallsgeschreye, daß ich beystimmen mußte, weil ich weder die Täuschung verrathen durfte, noch, wenn ich es gethan hätte, Glauben gefunden haben würde.

Also war ich mit dem Heiligen fertig, aber der Bischof war es noch nicht; ungefähr acht Tage später sah man Lichter in einem Walde bey dem Schlachtfeld, und kurze

* Diese einfältige Geschichte (d. i., daß der heilige Jacob wirklich in der Weise erschienen sey wie der beschriebene Bursche) wird von Mariana, I. 7, § 78, als heilige Wahrheit erzählet.

Zeit später entdeckte man sein Grab an demselben Platze. Deßwegen besuchte mich der Bischof und nöthigte mich, ihm daselbst eine Kirche zu bauen und diese reichlich zu versehen. Mit einem Worte, der gute Mann plagte mich mit einem Wunder nach dem andern, und ich mußte, um seiner los zu werden, den Papst zu seiner Versetzung nach Toledo bemühen.

Doch zu andern Gegenständen. – Ein Subalternofficier, der in der Schlacht gegen die Mauren sehr tapfer gefochten und verschiedene Wunden bekommen hatte, bath mich um eine Beförderung. Ich wollte sie ihm eben ertheilen, als einer von meinen Ministern kam und mir mit einem Schrecken in der Miene meldete, er habe die Stelle, die ich für jenen Mann vorgesehen hatte, schon dem Sohne des Grafen Alderedo zugesagt; und der Graf, ein sehr mächtiger Mann, würde die Ablehnung desto übler deuten, da er seinen Sohn schon aus der Schule habe hohlen lassen, um sie in Besitz zu nehmen. Ich mußte den Gründen des Ministers nachgeben, empfahl aber den verwundeten Soldaten seiner Fürsorge, was er treulich zu thun versprach; allein, er ließ ihn Hungers sterben, wie mir der Unglückliche hernach im Elysium erzählet hat.

Niemand, der nicht selbst ein Fürst gewesen ist, und kein Fürst, so lang er nicht verstorben ist, kann sich vorstellen, wie er täglich von seinen Günstlingen und Ministern hintergangen wird; und daher kommt es, daß Fürsten oft selbst wegen der von andern begangenen Fehler getadelt werden. Der Graf von Saldaña war lange im Gefängnisse gehalten worden, und sein Sohn, Don Bernardo del Carpio, der sich durch die größten Heldenthaten gegen die Mauren hervorgethan hatte, ersuchte mich, zur Belohnung seiner Dienste, seinen Vater frey zu geben. Die Strafe des Greises war sehr hart gewesen, und die Verdienste des jungen Mannes waren einzig in ihrer Art, so daß ich sehr geneigt war, die Bitte zu gewähren; allein meine Minister waren auf das stärkste dagegen. Sie sagten, mein Ruhm erfordere Rache für die meiner Familie zugefügte Schande, und eine so dringende Anforderung sehe mehr einer Drohung als einer Bitte ähnlich; das eitle Aufzählen eigner Verdienste und der dafür gebührenden Belohnung sey eine beleidigende Vorhaltung, und wenn ein König ein so stolzes Ansinnen gewähre, so verrathe er sowohl Schwäche als Furchtsamkeit; mit einem Worte, wenn ich die von meinen Vorgängern verhängte Strafe erlasse, so verdamme ich damit ihr Urtheil. Zuletzt flüsterte mir noch einer zu: ›Alle von seiner Familie sind Feinde Eures Hauses.‹ Durch solche Ränke kamen die Minister zu ihrem Zwecke. Der junge Herr nahm die Abweisung so schlecht auf, daß er den Hof verließ und in Verzweiflung verfiel, während sein Vater im Kerker schmachtete. Ich verlor dadurch, wie ich seither entdeckte, die Dienste zweyer meiner besten Unterthanen.

Die Wahrheit zu gestehen, brachten mir meine Minister eine sehr ungerechte Meinung von meinem Volke bey, als wenn es sich täglich gegen mich empöre und die treulosesten Gedanken hege, obgleich es mich in Wirklichkeit (wie ich seit meinem Tode weiß) allgemein hochachtete und schätzte. Allein dergleichen Streiche spielen sie den Fürsten nur zu oft, um sie vom offenen Umgange mit ihrem Volke abzuhalten, welcher die Person des Fürsten diesem wohl beliebt machen, aber einem Minister, der seinen eigenen Vortheil zum Schaden beyder verfolget, oftmahls Gefahr bringen könnte. Hiermit glaube ich, von meinem Leben das Wesentlichste erzählt zu haben; denn ich versichere Euch, im Leben der Könige gibt es manche Dinge, die keiner Erwähnung werth sind. Nicht alles, was in ihren Gemüthern und Familien vorgeht, wird vom Glanz ihrer Krone bestrahlet, – ja, es gibt Stunden, wo man den nackten König nicht von dem nackten Schuhflicker unterscheiden kann.

Hätte ich mich nicht der Undankbarkeit gegen Bernardo del Carpio schuldig gemacht, ich glaube, dieß wäre meine letzte Wanderschaft auf Erden gewesen; denn was die Geschichte mit dem heiligen Jacob betrifft, so dachte ich, Minos werde gewiß vor Lachen darüber bersten; jene aber stimmte ihn so zornig, daß er mir mit gerunzelter Stirne zuschrie: ›Packe dich zurück, König!‹ Und er ließ mich kein weiteres Wort mehr sagen.«

Achtzehntes Capitel

Julian wird ein Hofnarr.

Meinen nächsten Besuch in der Welt legte ich in Frankreich ab, wo ich am Hofe Ludwigs III. geboren wurde und hernach die Ehre hatte, zum Hofnarren des Prinzen Carl, den man den Einfältigen nannte, befördert zu werden. In Wahrheit aber weiß ich nicht, ob man nicht mit größerem Recht von mir sagen konnte, daß ich, an Statt die Rolle eines Narren zu spielen, alle andern an diesem Hofe zu Narren gemacht habe. Gewiß ist, ich war nichts weniger als das, was man insgemein unter diesem Worte verstehet, sondern vielmehr der listigste und verschmitzeste Schalk. Ich kannte die Narrheit meines Herrn und vieler anderer sehr gut und wußte wohl, wie ich meinen Vortheil daraus ziehen konnte.

Bey Carl dem Einfältigen war ich so beliebt wie einst der Schauspieler Paris bey dem Kaiser Domitian und vergab wie derselbe alle Ämter und Würden an wen ich wollte. Dieses machte sehr viele Höflinge zu meinen Anhängern, welche mich zwar wirklich für einen Narren hielten, aber dennoch meinem Verstande schmeichelten. Unter andern war einer am Hofe, der weder Ehre, Ehrlichkeit, Verstand, Witz, Muth, Schönheit, noch irgend eine andere gute Eigenschaft des Geistes oder des Körpers besaß, die ihn hätte empfehlen können; zugleich aber war er vielleicht das listigste Ungeheuer, das jemahls gelebt hat. Dieser Herr ließ es sich einfallen, unter meiner Fahne zu dienen, und er verfolgte mich mit Schmeicheleyen so emsig und rühmte meinen Verstand so oft, daß ich ihn ganz übermächtig zu lieben anfing, denn, obgleich die Schmeicheley nicht eben klüglich bey den Vorzügen angebracht wird, welche die geschmeichelte Person besitzet, so war doch diese mir ein wahrer Leckerbissen, weil ich, obgleich ich meine Talente sehr gut kannte, dennoch am ganzen Hofe für einen Narren galt. Ich verhalf daher jenem Menschen zu einem Bisthum, verlor aber dadurch meinen Schmeichler, denn dieser sagte mir seitdem niemahls mehr ein höfliches Wort.

So grob meine Bemerkungen über den Charakter auch der Vornehmsten des Hofes seyn mochten, nie hielt ich meine Einfälle zurück – ja nicht einmahl vor dem König selbst, wovon ich jetzt ein sehr deutliches Beyspiel anführen will. Eines Tages sagte mir Seine einfältige Majestät, er glaube, ich sey so mächtig, daß sein Volk mich für den König und ihn für meinen Narren ansehe. Darüber stellte ich mich, als wenn mich dieses sehr verdrösse, wie über eine Beleidigung. ›Wie‹, fragte der König, ›schämest Du Dich, ein König zu seyn?‹ ›Nein Herr‹, antwortete ich, ›aber ich schäme mich ganz verteufelt meines Narren.‹

Herbert, Graf von Vermandois, hatte durch mich die Gnade des Einfältigen (denn so pflegte ich Carl zu nennen) wieder erlangt. Er überredete darauf den König, die Stadt Arras dem Grafen Balduin zu nehmen, wofür er selbst dann seine ehemahlige Stadt Peronne vom Grafen Altmar eintauschte. Balduin kam in der Absicht an den Hof, sich um die Wiedererlangung seiner Stadt zu bemühen, unterließ es aber, entweder aus Stolz oder aus Unverstand, sich an mich zu wenden. Wie ich ihn während seines Sollicitierens am Hofe antraf, so sagte ich ihm, er habe nicht den rechten Weg eingeschlagen; er antwortete mir unfreundlich, er frage keinen Narren um Rath. Ich versetzte, ich wundere mich nicht über sein Vorurtheil, denn er sey schon durch Befolgung des Rathes eines Narren irre geleitet worden, versicherte ihm aber, es gebe Narren, die mehr Einfluß besäßen als der, den er mit an den Hof gebracht hätte. Er erwiderte trotzig, er habe keinen Narren bey sich, denn er reise ja allein. ›Ey, Herr Graf‹, sagte ich nun, ›ich reise auch oft allein, und doch behauptet man, ich führe immer einen Narren mit mir.‹ Dieß erregte ein Gelächter bey den Anwesenden, worauf er mir einen Schlag gab. Ich klagte über diese Behandlung sogleich bey dem Einfältigen, welcher den Grafen mit sehr harten Worten vom Hofe verwies, an Statt ihm die nachgesuchte Gnade zu gewähren.

Das eben Angeführte soll mehr die Größe meines Einflusses und meiner Unverschämtheit als meines Witzes darthun – überhaupt wurden meine Späße gewöhnlich mehr bewundert, als sie es verdienten; und vielleicht war ich in Wirklichkeit eben so wenig witzig als närrisch. Aber bey dem weiten Umfange unbegrenzter Possenreißerey kann man den Ruhm eines Witzlings leicht genug erreichen, besonders an einem Hofe, wo, da alle einander herzlich hassen und beneiden und zu gleicher Zeit durch den Zwang der Höflichkeit genöthigt sind, die größte Achtung zu bezeigen, es jedem außerordentlich angenehm ist und seyn muß, wenn die Thorheiten seiner Bekannten durch eine dritte Person zur Schau gestellt werden. Überdem ist die öffentliche Meinung am Hofe eben so einförmig wie die Mode und wird immer vom Willen des Fürsten oder des Günstlings geleitet. Ich zweifle nicht, daß Caligulas Pferd an seinem Hofe für einen guten und geschickten Consul angesehen ward. Auf eben die Weise erkannte man mich für den witzigsten Narren in der Welt. Jedes von mir ausgesprochene Wort erregte ein Gelächter und wurde, besonders von den Damen, für einen Spaß gehalten; sie lachten oft, ehe sie meinen Sinn erriethen, und wiederhohlten als einen Scherz, was ich nicht dazu bestimmt hatte.

Gegen die Damen war ich eben so streng als gegen die Herren und blieb dabey eben so ungestraft; aber zuletzt kam es mich theuer zu stehen: Ich hatte einst über die Schönheit einer Dame mit Nahmen Adelheid, einer Favoritinn des Einfältigen, gescherzet; sie stellte sich zwar, als lächle sie und vergnüge sich wie die übrige Gesellschaft an meinem Witz; aber in Wirklichkeit nahm sie es übel auf und suchte mich bey dem Könige zu untergraben. Dieß gelang ihr auch sehr gut (denn was vermag nicht eine Favoritinn über einen, der den Beynahmen des Einfältigen verdienet), so daß der König täglich zurückhaltender gegen mich wurde und mir, wenn ich mir irgend eine Freyheit erlaubte, solche Kennzeichen seines Mißfallens gab, daß die Hofleute, welche mit Adlersaugen auf jede Geringschätzung des Monarchen achten, es bald bemerkten; und ich selbst, wenn ich auch so verblendet gewesen wäre, durch das veränderte Benehmen des Königs gegen mich nicht den Verlust seiner Gnade zu bemerken, hätte es durch das Betragen der Höflinge erkennen, ja fühlen müssen: denn da man noch zwey Tage vorher sich mit größtem Eifer um meine Gesellschaft bewarb, so ward sie jetzt mit gleich großem Hohn verworfen. Ich diente nun den Pagen und Aufwärtern zum Spaße, und ein Officier von der Garde, mit dem ich einen kleinen Scherz trieb, gab mir eine Ohrfeige und bath mich, ich möge mich mit meines Gleichen gemein machen. Eben derselbe war seit vielen Jahren das Ziel meines Witzes gewesen, ohne daß er es hätte wagen dürfen, seine Hand gegen mich zu erheben.

Allein, auch wenn ich die mit dem Einfältigen vorgegangene Veränderung deutlich bemerkte, so war es mir doch unmöglich, die Ursache zu errathen. Auf die Adelheid hatte ich nicht den geringsten Verdacht, denn sie war nicht nur eine sehr gutmüthige Frau, sondern ich hatte auch öfters über ihren Ruf bitter gescherzet und sie dadurch, wie ich fest versichert war, niemahls beleidiget. Bald aber erfuhr ich, daß eine Dame den heftigsten Angriff auf ihren sittlichen Wandel viel eher erdulden kann als den gelindesten Tadel ihrer Schönheit; denn sie erklärte nunmehr öffentlich, ich müsse als der thörichteste Narr und als einer, der auf keine Weise zu belustigen im Stande sey, vom Hofe verabschiedet werden, und sie wundere sich, wie jemand so wenig Geschmack haben könne, mir den mindesten Witz zuzutrauen. Ihr Ausspruch ward in dem ganzen Salon wie vom Echo wiederhohlet und von allen Anwesenden gebilliget. Jeder bekleidete von nun an seine Miene, wann immer ich sprach, mit ungewöhnlichem Ernste, und es war mir jetzt so wenig möglich, ein Gelächter zu erregen, als ich vorher darohne meinen Mund hatte öffnen können.

Als meine Lage so beschaffen war, erschien ich einst in einer Versammlung bey Hofe ohne meine Narrentracht. Der Einfältige, der mich immer noch anzureden pflegte, rief laut: ›So, Narr, was hat das zu bedeuten?‹ ›Herr‹, antwortete ich, ›die Narren sind jetzt, wie es scheint, ein so gemeines Möbel am Hofe, daß ich meines Kleides müde bin.‹ ›Wie meinst Du das?‹ fragte der Einfältige, ›was macht sie denn jetzt gemeiner als früher?‹ – ›O Herr‹, sprach ich, ›es gibt hier Damen, die Eure Majestät jeden Tag ihres Lebens zum Narren machen.‹ Der Einfältige nahm keine Notiz von meinem Spaß, aber einige von den Anwesenden sagten, ich verdiene, daß mir wegen meiner Unverschämtheit die Knochen gebrochen würden; nur der Königinn gefiel es, weil sie wußte, daß die ihr verhaßte Adelheid die Urheberinn meiner Ungnade war. Sie bath daher den König, mich ihr zu überlassen, und nahm mich in ihren Dienst; seitdem hieß ich der Narr der Königinn und hatte an ihrem Hofe eben die Würde und eben den Witz als vorher am Hofe des Königs. Da sie aber eigentlich keine Macht hatte, ausgenommen über ihre eigenen Bedienten, wurde ich nicht mehr überall mit derselben Gefälligkeit behandelt, auch nicht mehr so sehr bestochen und beschenket wie ehedem.

Aber selbst diese verminderte Achtung dauerte nicht lang: denn die Königinn, die im Grunde keinen Geschmack an Possen hatte, ward meiner Narrheit bald überdrüssig, vergaß, warum sie mich angenommen hatte, und vernachlässigte mich so sehr, daß ihr Hof meinem Temperamente unerträglich wurde; dieß brach mir das Herz und ich starb.

Minos lachte herzlich über einige Stellen in meiner Geschichte, sagte mir sodann, im Elysium spiele niemand die Rolle eines Narren, und befahl mir zurückzuwandern.«

Neunzehntes Capitel

Julian erscheint in der Rolle eines
Bettlers.

Ich kehrte nun nach Rom zurück und wurde in einer sehr armen und kinderreichen Familie geboren, welche, wenn ich Euch die Wahrheit gestehen soll, sich vom Betteln ernährte. Das ist, wie Ihr vermuthlich nicht wissen werdet, wenn Ihr nicht selbst zu diesem Berufe gehöret habt, ein so regelmäßiges Gewerbe als jedes andere, und es hat seine eigenen Regeln und Kniffe oder Geheimnisse, deren Erlernung vielleicht eine eben so mühsame Lehrzeit als irgend eine andere Profession erfordert.

Das erste, was man uns lehrt, ist eine jämmerliche Miene. Die Natur macht dieses Stück freylich einigen viel leichter als andern; aber jeder kann es darin zur Vollkommenheit bringen, wenn er früh genug in der Jugend, und ehe die Muskeln zu steif geworden sind, damit anfängt.

Das zweyte ist eine erbärmliche Stimme. Auch in dieser Geschicklichkeit muß die Natur zur Erreichung der höchsten Vortrefflichkeit das Ihrige beytragen; jedoch kann die Kunst auch hierin, wie in jedem andern Fall, mit Fleiß und Anstrengung, selbst ohne Beystand des Genies, große Fortschritte machen, besonders wenn der Lehrling jung anfängt.

Es gibt noch manch andere Gegenstände des Unterrichts, aber diese sind die wichtigsten. Die Mädchen werden in einer Fertigkeit mehr als die Knaben geübet, nähmlich in der Kunst zu heulen, d. i. sie müssen ihre Thränen bey jeder Gelegenheit in Bereitschaft haben; doch das erlernen die meisten mit geringer Mühe. Einige erreichen die höchste Vollkommenheit in dieser Kunst sogar unglaublich geschwind.

Keine Profession erfordert eine tiefere Einsicht in die menschliche Natur als die der Bettler. Ihre Kenntniß der menschlichen Neigungen gehet so weit, daß ich oft gedacht habe, eine Erziehung unter ihnen werde einem Politiker nicht wenig nützlich seyn. Ja, es gibt eine viel größere Ähnlichkeit zwischen diesen beyden Ständen, als man es sich vorstellen möchte; denn sie stimmen in ihrem ersten und größten Grundsatz überein, da sie auf gleiche Weise bemühet sind, andere Menschen zu täuschen und zu hintergehen. Man muß jedoch gestehen, daß sie in dem Grade des Vortheils, den sie durch ihre Täuschungen erlangen, sehr verschieden von einander sind, denn da, wo der Bettler mit Wenigem zufrieden ist, läßt der Politiker wenig übrig.

Ein sehr großer Englischer Philosoph hat angemerkt, daß es die Klugheit erfordere, daß wir niemand mit einem geringeren Titel belegen, als er verdient. Mein Vater war eben derselben Meinung; denn, ich erinnere mich, daß mir, als ich noch ein Knabe war, zufälliger Weise der Papst begegnete, und ich empfing ihn mit den Worten: ›Bitte, Herr!‹ ›Um Gottes willen, Herr!‹ ›Um des Herrn willen, mein Herr!‹ – Worauf er ganz ernsthaft versetzte: ›Junge, Junge, du müßtest gepeitscht werden, weil du den Nahmen des Herrn unnütz aussprichst‹; und unnütz war es in der That, denn er gab mir nichts. Mein Vater nun, da er das hörte, folgte seinem Rathe und peitschte mich sehr derb. Während er mich züchtigte, versprach ich ein über das andere Mahl, ich wolle den Nahmen des Herrn nie wieder unnütz aussprechen. Da sagte er: ›Kind, ich peitsche dich nicht deßwegen, sondern weil du den Papst nicht Seine Heiligkeit genannt hast.‹

Wenn alle Menschen so weise und gut wären, dem Beyspiele der Geistlichkeit zu folgen, so würde die Plage der Betteley bald aufhören. Ich erinnere mich nicht, während meines langen Bettlerlebens mehr als zwey Mahl von ihnen unterstützt worden zu seyn. Einmahl geschah es durch einen sehr gut aussehenden Mann, der mir eine kleine Silbermünze gab und dabey sagte, er habe mir mehr gegeben als zurückbehalten: das andere Mahl geschah es durch einen fein gekleideten jungen Burschen, der eben an diesem Tage seinen Priesterornat zum ersten Mahl angelegt hatte, und den ich mit den Worten anredete: ›Bitte, ehrwürdiger Herr, sehr guter ehrwürdiger Herr, nehmet Rücksicht auf Euer Kleid.‹ Er antwortete: ›Kind, ich nehme Rücksicht auf mein Amt und hoffe, daß alle, die unser Kleid tragen, eben dasselbe thun.‹ Er warf mir darauf eine kleine Summe Geldes zu und stolzierte mit großer Würde vorbey.

Bey Frauen bediente ich mich dieser allgemeinen Formel: ›Süße, holde Dame!‹ ›Gott segne Euer Gnaden!‹ ›Gott segne Euer schönes Antlitz!‹ Dieß half gemeiniglich; aber ich bemerkte, daß je häßlicher die Frau, desto gewisser die Wirkung war.

Es war eine beständige Maxime unter uns, je prächtiger das Gefolge war, mit dem jemand reiste, desto weniger könne man von ihm erwarten; wenn wir aber ein Fuhrwerk mit einem einzigen oder gar keinem Bedienten sahen, so hielten wir unsere Beute für gewiß und wurden selten enttäuscht.

Wir bemerkten auch einen großen Unterschied bey ein und derselben Person, je nach Beschaffenheit der Zeit und der Umstände; zum Exempel, ein Spieler, der verlieret, ist zuweilen freygebig, von einem Gewinner aber erlangt man einen Groschen eben so leicht als seine Seele. Ein Advocat, der von seinem Landgute zu seinen Clienten nach Rom reiste, und ein Arzt, der im Begriffe war, einen Kranken zu besuchen, verdienten allezeit, daß man sie ansprach; dieselben aber auf ihrer Rückkehr waren (wie es in unserem Rothwälsch heißt) unberührbar.

Unsere allgemeinste und in der That wahrste Maxime lautete, wer am wenigsten besitzt, gibt am bereitwilligsten. Daher besteht die Hauptkunst eines Bettlers darin, die Reichen von den Armen wohl zu unterscheiden, welches sich, obgleich hier nur die Wirklichkeit vom Scheine zu trennen ist, ohne eine gute Einsicht und einen hohen Grad der Aufmerksamkeit durchaus nicht erlangen läßt; denn diese beyden Arten von Menschen sind unaufhörlich bemühet, einander nachzuahmen. Indessen meint es der Reiche, wenn er andere zu täuschen sucht, lange nicht so ernstlich wie der Arme, und deßwegen läßt er, auch wenn er alle Kennzeichen der Armuth anlegt, doch immer irgend ein Merkmal seines Wohlstandes dem Zuschauer ins Auge fallen. So trägt er, auch wenn sein übriger Anzug keinen Groschen werth ist, einen kostbaren Ring am Finger oder eine goldene Uhr in seiner Tasche. Mit einem Worte, es scheinet mehr, als stelle er sich arm, um anderer zu spotten, als sie zu hintergehen. Der Arme hingegen wünscht sehr aufrichtig, für reich gehalten zu werden; aber eben die Heftigkeit seines Wunsches läßt ihn seine Rolle übertreiben und sich selbst verrathen, wie einer, der von übertriebener Nüchternheit trunken ist. So will er, an Statt sich von einem wohl berittenen Bedienten begleiten zu lassen, zwey dergleichen haben; und weil er nicht im Stande ist, ein zweytes gutes Pferd zu kaufen oder zu halten, so wird einer seiner Bedienten wenigstens auf eine Miethkracke gesetzt. Er ist nicht damit zufrieden, nett und schlicht gekleidet einherzugehen, sondern fügt immer noch einigen Flitterputz mit an, und was er auf den Anzug zu viel verwendet, das zieht er an der Wäsche ab. Ohne mich weiter in kleinliche Einzelheiten einzulassen, glaube ich, es als einen unbezweifelbaren Grundsatz aufstellen zu dürfen, daß, wer sich entweder in seiner eigenen Person oder in seiner Equipage ungewöhnlich prächtig zeigt, dadurch mehr zu seyn vorgibt, als er erschwingen kann. Wenn nun die Ausgaben irgend eines Mannes seine Einnahmen ohnedem übersteigen, so bekümmert er sich um den Grad davon nicht weiter; und daher hatten wir mit einem solchen weiter nichts zu thun, als ihm wegen seines Wohlstandes und Glanzes zu schmeicheln, und waren dann immer eines guten Erfolges sicher.

Es gibt aber doch eine Gattung reicher Leute, welche gemeiniglich freygebiger sind, solche nähmlich, die mitten in Armuth und Noth vom Reichthum überraschet werden; die Folge davon ist, so behaupte ich, daß einige von diesen zwar außerordentlich geitzig werden, die meisten dagegen äußerst verschwenderisch. So erinnere ich mich eines solches Mannes, welcher eine sehr ansehnliche Geldsumme bekommen hatte und mir, als ich ihn um einen Obolus ansprach, ein ganzes Talent gab; und wie sein Freund ihn tadelte, antwortete er mit einem Fluche: ›Warum nicht? Habe ich nicht deren fünfzig übrig?‹

Das Leben eines Bettlers würde, wenn man die Dinge der Erde nach ihrer wahren Beschaffenheit und nicht nach ihrem äußeren falschen Scheine beurtheilte, vielleicht eine wünschenswerthere Lage seyn als jede von denjenigen, wonach der Ehrgeitz uns mit so vielen Schwierigkeiten und Gefahren, oft auch mit Niederträchtigkeit, zu streben antreibt. Die Nöthe eines Bettlers sind gemeiniglich eben so chimärisch wie der Überfluß eines noblen Herrn; denn außer der Eitelkeit, die ein verständiger Bettler sich immer mit unglaublicher Wirkung zu Nutzen machen kann, sind in Wirklichkeit nur wenige Naturen so verhärtet, daß sie kein Mitleiden gegen Armuth und Unglück empfinden, wenn nicht das Übergewicht einer andern Leidenschaft sie daran hindert.

Ein besonderes Glück begleitet das leicht erworbene Geld; es wird nicht aufgehäufet; denn andernfalls würde, da wir so oft Gelegenheit haben, reich zu werden, die Sorge, gleich einem Krebse, an unserer Ruhe eben so nagen wie an der Ruhe anderer; aber wir entledigen uns von unserm Capital meistentheils so geschwind, als wir es erwerben; ich sage meistentheils, denn es gibt einige Ausnahmen; folglich bringt es uns nur Freuden und keinen Verdruß. Unser üppiges Leben könnte uns wohl Krankheiten zuziehen, wenn unsere tägliche Bewegung dieß nicht verhüthete. Durch sie bekommen wir Appetit und Geschmack an unsern Leckerbissen und zugleich ein

Gegengift gegen die üblen Folgen, welche Müßiggang mit Üppigkeit verbunden in einem menschlichen Körper hervorbringen könnte. Unsere Frauen genießen wir mit einer Wonne, die wenigstens der gleicht, welche die Vornehmsten in ihren Umarmungen fühlen. Fürwahr, ich kann von mir selbst versichern, daß kein Sterblicher vollkommenere Glückseligkeit von der zärtlichen Leidenschaft geerntet habe, als das Schicksal mir beschieden hatte. Ich heirathete ein reitzendes Mädchen aus Liebe; es war die Tochter eines benachbarten Bettlers, der ein beträchtliches Vermögen, das ihm sein Handwerk eingebracht hatte, aus einer nicht seltenen Unvorsichtigkeit verschwendet hatte, so daß er ihr keine Aussteuer mitgeben konnte; doch hinterließ er uns bey seinem Tode eine wohlbesuchte Bettlerhütte, die an der Seite eines steilen Hügels lag, wo Reisende uns nicht bald entkommen konnten, und einen angrenzenden wohl bepflanzten Garten, der ein acht und zwanzigstel eines Morgens betrug. Sie war mir das beste Weib, gebar mir neunzehn Kinder und versäumte niemahls, außer wenn sie im Wochenbette lag, welches gewöhnlich drey Tage dauerte, mein Abendessen gegen die Zeit meiner Heimkehr bereit zu halten; es war dieß meine Lieblingsmahlzeit, bey welcher ich sowohl als meine Familie uns am meisten vergnügten. Der Hauptgegenstand unseres Gespräches waren gemeiniglich die an demselben Tag erhaltenen Gaben, bey welcher Gelegenheit das Gelächter über die Thorheit der Wohlthäter einen nicht unbeträchtlichen Theil unserer Unterhaltung ausmachte; denn was sie auch irgend zum Geben bewogen haben mochte, so leiteten wir doch unseren glücklichen Erfolg immer davon her, daß wir ihrer Eitelkeit geschmeichelt oder ihren Verstand überrumpelt hätten.

Doch vielleicht habe ich bey dieser Rolle schon zu lange verweilet, ich will also dieselbe damit beschließen, daß ich nach einem Leben von hundert und zwey Jahren, worin ich weder Krankheit noch Schwäche gekannt hatte, ausgenommen diejenige, welche ein so hohes Alter nothwendiger Weise mit sich bringt, zum Schluß ohne die mindesten Schmerzen gleich dem Docht einer Kerze verlosch.

Als Minos meine Geschichte angehöret hatte, befahl er mir anzugeben, wenn ich könnte, wie viele Lügen ich in meinem Leben erzählet hatte. Da wir uns hier, einer vom Schicksale verhängten Nothwendigkeit zur Folge, an die Wahrheit halten müssen, so antwortete ich, ich glaubte, es möchten ihrer ungefähr fünfzig Millionen seyn. Er versetzte darauf mit gerunzelter Stirne: ›Kann denn ein solcher Schurke irgend eine Hoffnung haben, ins Elysium einzugehen?‹ Ich drehte mich sogleich um und war im Ganzen froh, daß er mich nicht zurückrief.«

Zwanzigstes Capitel

Julian spielt die Rolle eines Staatsmanns.

Mein Schicksal wollte jetzt, daß ich von einer Deutschen Prinzessinn geboren wurde; da aber der Geburtshelfer mir bey der Entbindung meiner Mutter den Kopf abriß, so nahm mein Prinzenleben ein schnelles Ende.

Geister, deren Leben vor dem fünften Jahre ihres Alters endigt, werden sogleich in andere Körper befohlen; und ich hatte nun das Schicksal, mehrere Kindheiten zu durchlaufen, ehe ich mich wiederum dem Minos zu einer Prüfung stellen konnte.

Endlich wurde ich bestimmet, wieder eine wichtige Rolle auf der Bühne der Welt zu spielen. Ich wurde in England unter der Regierung Etheldreds II. geboren. Mein Vater hieß Ulnoth und war Graf oder Thane von Sussex. Ich ward hernach unter dem Nahmen des Grafen Goodwin bekannt und begann, zur Zeit des Harold Harefoot, ein wichtiger Mann in der Welt zu werden; ich verschaffte ihm die Krone von Wessex oder Westsachsen zum Nachtheile des Hardicanut, dessen Mutter Emma sich hernach bemühte, einen andern ihrer Söhne auf den Thron zu setzen; ich aber hinterging sie, indem ich dem König ihre Absichten bekannt machte und zugleich mein Vorhaben, die beyden jungen Prinzen zu tödten. Emma hatte mit der Einwilligung des Königs, den sie durch ihr andächtiges Betragen und durch ihre vorgegebene Verachtung aller weltlichen Dinge getäuschet hatte, ihre Söhne aus der Normandie hohlen lassen; ich aber beredete den Harold, die beyden Prinzen an seinen Hof einzuladen und dann tödten zu lassen. Die kluge Mutter sandte nur den Alfred und behielt den Edward bey sich, denn sie hatte meine schlimmen Absichten errathen und glaubte, ich würde diese nicht an dem einen ihrer Söhne vollziehen, solange der andere in ihrer Sicherheit wäre; allein sie irrte sich hierin, denn kaum hatte ich Alfred in meiner Gewalt, als ich ihn nach Ely bringen ließ, wo ihm auf meinen Befehl die Augen ausgestochen wurden und er hernach in ein Kloster gesteckt wurde.

Dieß war eines von den grausamen Mitteln, bey deren Anwendung die Großen sich damit beruhigen, daß sie zum Besten des Fürsten, der die Stütze ihres Ehrgeitzes ist, nöthig seyen.

Edward, der andere Sohn der Emma, entfloh wieder in die Normandie, von wo er sich nach Harolds und Hardicanuts Tode ohne Bedenken an mich wandte und um meine Gunst und Beschützung warb, obgleich er mich doch vorher mit aller Rachsucht, welcher er fähig war, wegen der Ermordung seines Bruders verfolget hatte; allein in allen wichtigen Angelegenheiten müssen Privatverhältnisse dem Staatsinteresse weichen. Nachdem ich einen für mich sehr vortheilhaften Vergleich mit ihm getroffen hatte, trug ich auch keine Bedenken mehr, seine Sache zu unterstützen, und verhalf ihm in kurzer Zeit auf den Thron. Auch von seinem Unwillen fürchtete ich nicht das Mindeste, weil ich wußte, daß meine Macht zu groß war, als daß er sie hätte bestreiten können.

Eine der getroffenen Übereinkünfte war, meine Tochter Editha zu heirathen; Edward aber willigte nur mit großem Widerstreben hierzu ein, und in der Folge hatte ich keine Ursache, mich über diese Verbindung zu freuen; denn meine Tochter, bisher mein liebstes Kind, wurde so eingebildet auf ihre Größe, daß sie, an Statt mir den gewöhnlichen Respect zu bezeigen, mir manchmahl (wenigstens so oft, als ich ihr eine väterliche Ermahnung gab) sehr frey in das Gesicht sagte, sie sey nun eine Königin und der Stand und Nahme ihres Vaters sey in den eines Unterthanen verwandelt. Dieses ihr Betragen konnte aber doch meine Zuneigung gegen sie nicht verdrängen, noch den Verdruß vermindern, den ich empfand, als Edward sie hernach aus seinem Bette verstieß.

Was mich am meisten bewog, zu Edwards Erhebung beyzutragen, war die Einfalt oder Schwäche dieses Fürsten, durch welche ich unter einem andern Nahmen unumschränkt zu regieren hoffte. In dieser Erwartung betrog ich mich auch nicht, denn während seiner ganzen Regierung war meine Reichsverwaltung in höchstem Maaße despotisch: Vom Königthume fehlte mir nichts als die äußeren Zeichen; niemand bewarb sich um ein Amt oder eine Beförderung außer bey mir. Ein Umstand, der nicht nur meine Schatzkammer füllte, sondern auch meinem Ehrgeitz schmeichelte und meine Eitelkeit durch einen zahlreichen Hof befriedigte; ja, ich genoß das Vergnügen, daß die, welche sich vor dem Könige nur bückten, sich vor mir auf die Erde niederwarfen.

Edward, der Bekenner, oder der heilige Edward, wie ihn einige vermuthlich aus Spott nannten, kam mir vor wie ein alberner Tropf und hatte wirklich alle Fehler, welche Thoren eigen und fast untrennbar mit ihnen verbunden sind. Er vermählte sich, aus Furcht mir zu mißfallen, mit meiner Tochter Editha und weigerte sich hernach, aus Haß gegen mich, die Ehe zu vollziehen, obgleich sie eine der schönsten Damen ihrer Zeit war. Er machte sich gleichfalls des größten Undanks gegen seine Mutter schuldig (ein Laster, welches den Thoren am meisten, wenn nicht allein eigen ist), und belohnte ihre Bemühungen, ihm in seiner Jugend einen Thron zu verschaffen, mit einer harten Einkerkerung in ihrem hohen Alter. Dieß that er freylich auf meinen Rath; was aber die bekannte Erzählung angehet, Emma sey über neun glühende Pflugschaaren gegangen und habe neun Landgüter oder Höfe verschenket, da sie doch keinen einzigen besaß, so ist keine Sylbe davon wahr.

Die erste große Verlegenheit, worin ich gerieth, entstand durch meinen Sohn Swane, der die Äbtissin von Leon, hernach Leominster in Herefordshire genannt, geschändet hatte. Er flüchtete darauf nach Dänemark und ließ mich durch Bothen ersuchen, ihm Verzeihung auszuwirken. Der König schlug sie erst ab, wozu ihn, wie ich hernach fand, einige Geistliche bewogen hatten, besonders einer seiner Capellane, dem ich an der Erlangung eines Bisthums hinderlich gewesen war. Mein Sohn Swane überfiel daraufhin mit einigen Schiffen die Küste und verübte viele abscheuliche Grausamkeiten, wodurch er seinen Zweck allerdings erreichte, da ich nun der Furchtsamkeit des Königs beykommen konnte, die ich längstens als seine vorherrschende Leidenschaft erkannt hatte. Er, der sich geweigert hatte, ihm sein erstes Verbrechen zu verzeihen, sah sich jetzt, nachdem es durch viele andere noch ungeheuerlichere vergrößert worden war, dazu genöthigt, wodurch seine Begnadigung in den Augen des Aufgebrachten alle Würdigkeit verlor und er sich bey allen andern zweifachen Tadel zuzog.

Der König war den Normannen sehr geneigt, hatte einen von ihnen zum Erzbischof von Canterbury gemacht und ihn mit außerordentlichen Gunstbezeugungen überhäuft. Ich hegte gegen diesen Mann keinerley Bedenken, außer daß er ohne meinen Beystand empor gestiegen war; eine Art von Mißvergnügen, welche unter der Regentschaft großer und mächtiger Günstlinge oft den Männern, die es verursachten, verderblich geworden ist, weil sie in jenen unaufhörlich Eifersucht und Besorgnisse erwecken. Wenn wir nähmlich selbst jemanden emporheben, so treffen wir die wirksame Vorsorge, einen solchen Einfluß auf ihn beyzubehalten, daß wir ihn jedesmahl, sollte er unserem Willen entgegenzuarbeiten wagen, in seine vorige Lage zurückbringen können; und deßwegen lassen wir nur solche dem Fürsten nahe kommen, von denen wir versichert sind, daß sie seine Gunst nicht zu erlangen oder zu vermehren vermögen; denn kein erster Minister hält sich, wie ich glaube, für sicher, solange ein anderer Zugang zu den Ohren des Herrn hat, über den wir so eifersüchtig wachen als der verliebteste Ehemann über seine Gattinn. Deßwegen halten wir jeden, der auf anderem Wege als durch uns sich ihm nähert, für einen erklärten Feind, dessen schleunigste Vernichtung die ersten Grundsätze der Politik uns gebiethen. Denn die Gunst der Könige ist so unzuverlässig als die der Frauen, und das einzige Mittel, uns die eine eben so wie die andere zu sichern, bestehet darin, daß wir alle andern von ihnen entfernt halten.

Doch der Erzbischof ließ es nicht beym bloßen Verdachte bleiben. Er gab bald offenbare Beweise von seinem Einflusse auf den Bekenner, indem er einem gewissen Rollo, einem Römer von geringer Herkunft und sehr verächtlichen Fähigkeiten, ein beträchtliches Amt verschaffte. Als ich den König erinnerte, ein solcher Mensch sey jener Würde unwerth, so antwortete er, er sey ja doch ein Verwandter des Erzbischofs. ›Dann, Herr‹, versetzte ich, ›ist er mit einem Feinde Eurer Mayestät verwandt.‹ Damahls fiel weiter nichts vor, aber ich merkte bald aus dem Betragen des Erzbischofs, daß der König ihm unsere geheime Unterredung bekannt gemacht habe; ein deutliches Merkmahl seines Vertrauens zu ihm und seiner geringen Achtung gegen mich.

Die Gunst eines Fürsten, wenn sie einmahl verloren ist, läßt sich nur dadurch wieder gewinnen, daß man sich in eine ihm bedrohliche Lage versetzt. Da ich nicht zweifelte, mein ganzes Ansehen bey dem Könige verloren zu haben, welches von Anfang an auf seine Furchtsamkeit gegründet und seitdem immer durch dieselbe erhalten worden war, so schlug ich nun den Weg ein, das Verlorene durch Schrecken zurück zu erlangen.

Der Graf von Boulogne, der gekommen war, um den König zu besuchen, gab mir Gelegenheit, in eine offene Opposition einzutreten; denn als der Graf wieder auf der Rückreise nach Frankreich war, schickte er einen Bedienten voraus, um ihm zu Dover ein Quartier auszumachen. Dieser wollte ihn gegen den Willen des Eigenthümers im Hause eines Bürgers einquartieren, ward aber in einem darüber entstandenen Streit auf der Stelle erschlagen, indessen der Graf selbst, der bald darauf dort ankam, dem Tod nur mit Mühe entging. Erbittert über den Schimpf eilte er zum Könige nach Gloucester zurück, klagte laut und forderte Genugthuung. Edward willigte in seine Forderungen ein und befahl mir als dem Grafen von Kent, die Aufrüher, die unter meinem Gouvernement standen, zu bestrafen; allein, an Statt seinem Befehle zu gehorchen, antwortete ich mit einiger Hitze, die Engländer pflegten niemand ungehört zu strafen, ihre Rechte und Privilegien dürfte man nicht verletzen; die Angeklagten müßten erst citiert – und dann, wären sie schuldig, an Leib und Gut bestraft, wären sie aber unschuldig, so müßten sie frey gesprochen werden. Ich fügte mit großem Ingrimm hinzu, ich sey als Graf von Kent verpflichtet, meine Untergebenen gegen Beleidigungen von Fremden zu beschützen.

Diese Begebenheit war äußerst vortheilhaft für mich, weil sie meinem Streit mit dem König einen volksthümlichen Anstrich gab und mich bey den Leuten so beliebt machte, daß, wie ich bald darauf meine Fahne aufsteckte, es willig und gern sich darunter sammelte und sich meiner Sache annahm, die ich die Ihrige zu seyn vorgab; denn nur, um sie gegen Fremde zu vertheidigen, hatte ich nunmehr das Schwert gezogen. Das Wort Fremde wirkt auf einen Engländer wie ein Zaubermittel, denn sie hegen den ärgsten Haß gegen dieselben, der von den Grausamkeiten herrührt, die ihre Vorfahren von den Dänen und andern fremden Völkern erlitten haben. Deßwegen war es kein Wunder, daß sie in einem Streit, der einen solchen Ursprung hatte, sich auf meine Seite schlugen.

Merkwürdiger aber war, daß ich hernach bey ihnen Glauben fand, als ich aus der Verbannung nach England zurückkam und an der Spitze einer flämischen Armee stand, die sich anschickte, die Stadt London zu plündern, und ich immer noch behauptete, ich sey gekommen, die Engländer gegen fremde Gefahr zu vertheidigen. Überhaupt gibt es keine Lüge, die so grob wäre, daß das Volk sie sich nicht von denen, die es für seine Patrone und Vertheidiger hält, aufbinden läßt.

Der König rettete seine Stadt dadurch, daß er sich mit

mir aussöhnte und meine verstoßene Tochter wieder zu sich nahm; und nachdem ich ihn durch Furcht zu allen Zugeständnissen, die mir gut dünkten, gezwungen hatte, entließ ich mein Heer und meine Flotte, womit ich, wenn mein Vorhaben fehlgeschlagen wäre, die Stadt London zu plündern und das ganze Land zu verheeren beabsichtigt hatte.

Sobald ich die Gewogenheit des Königs, oder, was mir eben so gut war, den Schein davon, wiedererlangt hatte, fiel ich mit Heftigkeit über den Erzbischof her. Er hatte sich schon von selbst in sein Kloster in der Normandie zurückgezogen, aber das war mir nicht genug; ich ließ ihn officiell verbannen, seinen Stuhl für frey erklären und mit einem andern besetzen.

Ich genoß meine Größe nach ihrer Wiederherstellung nur sehr kurze Zeit; denn der König, der mich in sehr hohem Maaße haßte und fürchtete und kein Mittel fand, mich offen zu stürzen, erreichte seinen Zweck endlich durch Gift und verbreitete hernach eine lächerliche Erzählung, ich hätte gewünschet, ich möge, wenn ich an Alfreds Tode Theil gehabt hätte, am nächsten Bissen ersticken; und so sey mir der erste Bissen durch ein göttliches Gericht in der Kehle stecken geblieben und habe jenes Urtheil vollstreckt.

Das Amt eines Staatsmannes war für mich eines der schlimmsten in der andern Welt. Es ist täglich den größten Gefahren und Unruhen ausgesetzt und von wenigem Vergnügen und von noch weniger Gemächlichkeit begleitet. Es ist, mit einem Worte, eine Pille, die jedem Auge ekelhaft und abscheulich scheinen würde, wenn der Ehrgeitz sie nicht vergoldete; und vielleicht hat auch Minos deßwegen so großes Mitleiden mit denen, die sie verschlucken, denn dieser gerechte Richter sagte mir, er spreche jeden ersten Minister frey, der auch nur eine gute Handlung in seinem Leben aufweisen könne, wie viele Verbrechen er sonst auch begangen habe. Ich gab diesem Ausspruch einen zu weitläufigen Sinn, und ging dem

Thore zu; allein er faßte mich am Rockzipfel und sagte, es sey noch kein erster Minister je hineingekommen; ich solle zurückkehren und froh seyn, daß ich dem unermeßlichen Abgrund entgangen sey, worauf ich durch die Hälfte meiner Verbrechen, wenn sie in einem andern Stande begangen worden wären, Anspruch gehabt hätte.«

Ein und zwanzigstes Capitel

Julians Abenteuer in der Stellung eines Soldaten.

Ich wurde zu Caen in der Normandie geboren. Meine Mutter hieß Mathilde, meinen Vater aber kann ich nicht mit solcher Gewißheit angeben, denn die gute Frau versicherte mir auf ihrem Sterbebette, ihre Muthmaaßung concentriere sich auf fünf Hauptleute des Herzogs Wilhelm. Erst dreyzehn Jahre alt (für welches Alter ich ein ausnehmend mannhafter Knabe war) ging ich unter die Truppen dieses Herzogs, der hernach unter dem Nahmen Wilhelm der Eroberer berühmt geworden ist, landete mit ihm bey Pemesey oder Pemsey in Sussex und war in der berühmten Schlacht bey Hastings zugegen.

Meine Bestürzung war beim ersten Angriff unbeschreiblich groß und wurde durch den Fall von zwey Soldaten, die neben mir standen, noch größer; aber als mein Blut sich erhitzte, nahm sie bald ab, und allmählich dachte ich nicht mehr an meine eigene Sicherheit, sondern fiel wüthend über den Feind her und tödtete gar viele; zu meinem Unglücke ward ich in den Schenkel verwundet und außer Stand gesetzt, länger zu stehen, so daß ich nun unter den Todten lag und der beständigen Gefahr ausgesetzet war, von meinen Cameraden so wohl als von den Feinden zertreten zu werden. Doch entging ich glücklich der Gefahr und blieb den übrigen Theil des Tages und die folgende Nacht auf dem Boden liegen.

Am nächsten Morgen schickte der Herzog Leute ab, um die Verwundeten wegzubringen und man fand mich des starken Blutverlustes wegen dem Tode nahe; da man sogleich für das Verbinden meiner Wunden sorgte und meine Jugend und feste Constitution mir beystanden, erhohlte ich mich dessen ungeachtet und war nach einem langwierigen und lästigen Mißbefinden wieder im Stande, meine Glieder zu gebrauchen und meinen Dienst zu thun.

Gleich nach der Einnahme von Dover ward ich nebst allen andern Kranken und Verwundeten eben dahin gebracht. Hier wurden meine Wunden zwar bald geheilet, aber ich bekam einen starken Durchfall, der, als er vorbey war, eine solche Mattigkeit zurückließ, daß ich erst nach geraumer Zeit wieder zu Kräften kam. Während dieser kläglichen Lage, wo ich durch Mangel eben so viel als durch Krankheit litt, schmerzte es mich am allermeisten, daß ich die Prassereyen und Ausschweifungen meiner Kriegscameraden, die der Schlacht unversehrt entkommen waren, alltäglich sehen und hören mußte.

Sobald ich völlig hergestellet war, ward ich zur Garnison in die Burg von Dover beordert. Die Officiere hatten es hier ziemlich erträglich, die gemeinen Soldaten aber fuhren viel schlechter. Es fehlte an Proviant, und was noch unerträglicher war, wir waren aus Mangel an Raume so dicht zusammen gedrängt (je vier von uns mußten auf demselben Bündel Stroh schlafen), daß viele starben und die meisten erkrankten.

Hier hatte ich ungefähr vier Monate zugebracht, als wir in einer Nacht durch die unvermuthete Ankunft des Grafen von Boulogne, der insgeheim aus Frankreich übergeschiffet war und das Schloß zu überrumpeln versuchte, allarmieret wurden. Sein Vorhaben mißlang, denn die Besatzung that einen so wackeren Ausfall, daß die meisten seiner Leute die Klippen hinunter gestürzet wurden und er selbst nur mit wenigen nach Frankreich zurückkehrte. Aber zu meinem Unglücke ging ich aus diesem Gefecht mit einem gebrochenen Arm hervor; er war so zerschlagen, daß ich nach einer sehr mühsamen und schmerzhaften Heilung über drey Monate zum Dienste untüchtig blieb.

Bald nach meiner Genesung verliebte ich mich in ein

Mädchen, dessen Eltern nicht weit von der Garnison wohnten und in viel bessern Umständen waren, als daß ich hoffen konnte, ihre Einwilligung zur Ehe zu erhalten. Allein, da ihre Tochter mich äußerst lieb hatte (wie auch ich rasend in sie verliebt war), ließen sie sich dazu bereden, ihren Wünschen nachzugeben, und so ward der Hochzeitstag festgesetzt.

Am Abend vorher, da ich eben von der lebhaftesten Vorfreude für mein bevorstehendes Glück ganz entzückt war, kam Order, am folgenden Morgen in aller Frühe nach Windsor zu marschieren, wo eine große Armee versammelt wurde, mit welcher der König nach Westen ziehen wollte. Wer jemahls verliebt gewesen ist, kann sich leicht vorstellen, was ich bey dieser Order empfand; und mein Schmerz ward noch viel größer, weil der commandierende Officier keinem Soldaten an diesem Abend erlaubte, die Garnison zu verlassen, so daß ich nicht einmahl Gelegenheit mehr hatte, von meiner Geliebten Abschied zu nehmen.

Der Morgen, der mir die Erfüllung meiner Wünsche hatte bringen sollen, brach an. Aber, ach! Die Scene war nun ganz verändert, und alle meine vorigen Hoffnungen waren in eben so viele Plagegeister verwandelt, die mich verfolgten, und in Furien, die mich quälten.

Es war in der Mitte des Winters und äußerst rauhes Wetter für diese Jahreszeit, wir mußten sehr weite und ermüdende Märsche machen, auf denen wir alle Beschwerden der Kälte und des Hungers litten. In eben der Nacht, in welcher ich in den Armen meiner geliebten Braut zu schwelgen gehofft hatte, war ich genöthiget, mein Lager, der Strenge des schärfsten Frostes ausgesetzt, auf dem nackten Boden zu nehmen; ich erhielt nicht die mindeste Erquickung vom Schlafe, der mich wie einen Feind floh. Kurz, die Schrecken dieser Nacht waren unbeschreiblich, ja vielleicht unbegreiflich. Sie machten einen solchen Eindruck auf meine Seele, daß ich dreymahl in den Fluß Lethe eingetaucht werden mußte, um alle Erinnerung daran bey meinen künftigen Erscheinungen im Fleische gänzlich zu tilgen.«

Hier unterbrach ich den Julian zum ersten Mahle und sagte ihm, ich sey auf meiner Reise von der einen Welt in die andere nicht so eingetauchet worden; er aber erklärte mir, das geschehe nur den Geistern, die ins Fleisch zurückkehrten, um die Rückerinnerung, welche Plato erwähnt, zu verhüthen, weil sie in der andern Welt große Verwirrung verursachen könnte.

Und nun erzählte er weiter: »Wir setzten unseren sehr mühsamen Marsch nach Exeter fort und bekamen Befehl, diese Stadt zu belagern. Sie ergab sich bald und der König bauete daselbst ein Castell, das er mit seinen Normannen besetzte, und mein Unglück wollte es, daß ich einer von ihnen war.

Hier wurden wir noch enger als vorher zu Dover eingeschlossen; denn, da die Einwohner höchst mißvergnügt waren, ließ man uns niemahls aus den Mauern hinaus; auch hätten wir uns, ausgenommen in starken Haufen, wirklich nicht ohne die größte Gefahr hinauswagen dürfen. Wir wurden in beständiger Dienstbereitschaft gehalten, und ich konnte den Commandanten auch durch die dringendsten Bitten nicht bewegen, mir einen Monat Urlaub zu gewähren, um meine Braut zu besuchen, von welcher ich während meiner ganzen langen Abwesenheit nichts hatte hören können.

Im Frühlinge indessen wurden die Bürger ruhiger, ein gelinderer Commandant kam an die Stelle des vorigen, und ich bekam Urlaub zu einer Reise nach Dover. Aber, ach! Welchen Trost verschaffte mir meine lange Reise? Ich fand die Eltern meiner Herzgeliebten im ärgsten Jammer über ihren Verlust; denn sie war ungefähr eine Woche vor meiner Ankunft an einer Auszehrung gestorben, die sie dem Kummer über meine plötzliche Abreise zuschrieben.

Nun befiel mich die heftigste und fast wüthende Verzweifelung. Ich verfluchte mich, den König und die ganze Welt, die nun kein Vergnügen mehr für mich zu enthalten schien. Ich warf mich auf das Grab meiner verstorbenen Geliebten und blieb, ohne etwas zu mir zu nehmen, zwey ganze Tage darauf liegen. Endlich ward ich doch vom Hunger und durch das Zureden einiger mitleidiger Personen bewogen, diese Lage zu verlassen und mich mit Nahrung zu erquicken. Dann redeten sie mir zu, auf meinen Posten zurückzukehren und mich von dem Orte zu entfernen, wo jeder Gegenstand, den ich erblickte, mir Vorstellungen in die Erinnerung rief, welche ich, wie sie sagten, mit aller Kraft daraus zu verbannen suchen müßte. Dieser Rath gewann zuletzt die Oberhand; um so viel mehr, als die Eltern meiner Geliebten mich nicht wieder sehen wollten, weil sie mich für die gewisse, obgleich unschuldige Ursache des Todes ihres einzigen Kindes ansahen.

Der Verlust von jemand, den wir zärtlich lieben, ist nicht allein eins von den bittersten und empfindlichsten Übeln im menschlichen Leben, sondern ihm fehlet auch das Linderungsmittel, welches jedes andere Elend verdecket und erleichtert, ich meine die große Trösterinn, die Hoffnung. Kein Mensch kann so vollkommen niedergeschlagen seyn, daß eine angenehme Erwartung ihn nicht wieder aufrichten kann; aber das genannte Übel raubt auch diesen oftmahls einzigen Trost, und es kann durch nichts als allein durch die Zeit gemildert werden. Diese bringt den meisten Gemüthern ein zwar langsames, aber doch sicher wirkendes Heilmittel; so auch bey mir: Nach dem Ablaufe eines vollen Jahres söhnte ich mich völlig mit meinem Schicksale aus, und bald hernach hatte ich den Gegenstand meiner Liebe, von welcher ich mir so viel Glück versprochen, und deren Enttäuschung mir so unbegreifliches Elend gebracht hatte, gänzlich vergessen.

Am Ende des Monates kehrte ich wieder nach meiner

Garnison in Exeter zurück, wo ich, kaum angekommen, Order erhielt, nach Norden zu marschieren, um gegen die dort von den Grafen von Chester und Northumberland versammelten Truppen zu fechten. Wir kamen nach York, wo der König den Anführern der Rebellen verzieh und andere, weniger Schuldige sehr streng bestrafte. Ich wurde insbesondere befehliget, einen armen Mann zu ergreifen, der niemahls aus seinem Hause gekommen war, und ihn ins Gefängniß zu führen. Ich verabscheute diese Barbarey und mußte sie doch vollstrecken; ja, nicht die größte Belohnung hätte mich im Stande eines Privatmannes eine solche Rolle spielen lassen, allein der Befehl eines Monarchen oder eines Generals ist in den Augen eines Soldaten etwas so Hochheiliges, daß ich ihn ohne Widerstreben ausführte und selbst der Thränen seiner Frau und seiner Kinder nicht achtete.

Jene Handlung, nur eine Kleinigkeit in Vergleichung mit vielen anderen von mir hernach verübten Grausamkeiten, war indes die einzige, die mir einige Unruhe verursachte; denn als der König uns darauf nach Northumberland führte, um sich an den Einwohnern dieser Provinz zu rächen, weil sie sich dem Dänen Osborne bey seinem Einfall angeschlossen hatten, und uns den Befehl ertheilte, alle möglichen Verheerungen anzurichten, that ich mich ungemein darin hervor, und unter andern geringeren Grausamkeiten (ich erinnere mich noch jetzt mit Kummer) schändete ich eine Frau, ermordete das auf ihrem Schooße spielende Kind und steckte darauf ihr Haus in Brand. Kurz, denn dieser Theil meiner Erzählung macht mir keine Freude, an allen Schändlichkeiten, die an diesen armen Leuten begangen wurden, nahm ich Antheil, und sie waren so erschrecklich, daß auf sechzig Meilen zwischen York und Durham kein einziges Haus, keine Kirche, noch ein anderes öffentliches oder Privatgebäude stehen blieb.

Wird hatten dieses Land ziemlich aufgerieben, als wir

nach der Insel Ely zu marschieren beordert wurden, um uns gegen den Hereward zu stellen, einen kühnen und mannhaften Krieger, der ein großes Corps Rebellen führte, welche die Unverschämtheit hatten, sich gegen ihren König und Besieger aufzulehnen (ich rede jetzt, wie ich damahls zu reden gewohnt war), um ihre Freyheiten, wie sie es nannten, zu vertheidigen. Wir bezwangen sie bald; aber da ich (mehr zu meiner Ehre als zu meinem Vortheil) gerade dort meine Stellung hielt, wo Hereward sich durchschlug, bekam ich einen fürchterlichen Hieb in die Stirn, einen zweyten auf die Schulter und einen Pikenstoß durch den Leib.

Ich lag lange Zeit an diesen Wunden und war deßwegen nicht im Stande, den König nach Schottland zu begleiten. Doch segelte ich hernach mit ihm in die Normandie, als er gegen den König Philipp zu Felde zog, der während der Unruhen in England die Gelegenheit ergriffen hatte, in dieses Herzogthum einzufallen. Die wenigen Normannen, die ihre Wunden überlebt hatten und auf der Insel Ely geblieben waren, waren die einzigen von unserer Nation, die mit ihm zogen, die ganze übrige Armee bestand aus Engländern. In einem Scharmützel bey der Stadt Mans ward mir ein Bein zerbrochen und so zertrümmert, daß man es abnehmen mußte.

Da ich nunmehr ganz untauglich war, länger in der Armee zu dienen, ward ich aus diesem Dienste entlassen und begab mich an meinen Geburtsort, wo ich, äußerst arm und wegen meiner vielen Wunden öfters krank, mein elendes Leben bis in mein drey und sechzigstes Jahr fortschleppte; mein einziges Vergnügen fand ich in der Erzählung meiner Jugendthaten, wobey ich mich gewöhnlich nicht so genau an die Wahrheit hielt.

Das Aufzählen des mannigfaltigen Elends, das ich nach meiner Rückkehr nach Caen zu leiden hatte, würde verdrießlich und unersprießlich seyn; genug, es war so groß, daß selbst Minos, ungeachtet der von mir in

Northumberland begangenen Abscheulichkeiten, zum Mitleiden gegen mich bewogen wurde und mir noch einmahl erlaubte, auf die Erde zurückzukehren.«

Zwey und zwanzigstes Capitel

Was sich mit Julian in der Person eines Schneiders zutrug.

Das Schicksal versetzte mich nun in einen Stand, welchen die Undankbarkeit der Menschen oft lächerlich gemacht hat, obgleich sie ihm nicht allein den Schutz gegen die Unfreundlichkeit der Kälte, sondern auch manche Befriedigung ihrer Eitelkeit verdanken. Ich meine den Stand eines Schneiders, dem man, wenn man ihn mit gebührender Aufmerksamkeit betrachtet, eine große Würdigkeit und Wichtigkeit zugestehen muß. Denn, in Wahrheit, wer anders als der Schneider bestimmt die verschiedenen Grade unter den Menschen? Der Fürst gibt wohl den Titel, aber der Schneider machet den Mann. Seiner Arbeit verdanken die Reichen die Achtung der Menge und die Ehrfurcht, die sie ihren Betrachtern einflößen, obgleich man diese zu oft und ganz zu Unrecht anderen Beweggründen zuschreibt. Endlich ist auch die Bewunderung der Schönen meistens auf seine Rechnung zu setzen.

Ich hatte kaum mein Gewerbe eingerichtet, als ich drey Anzüge von feinem Tuch zur Krönung des Königs Stephan verfertigte. Ich zweifle, ob derjenige, welcher das reiche Kleid trägt, so viel Vergnügen und Stolz dabey findet, darin bewundert zu werden, als uns Schneidern diese Bewunderung verschafft; und vielleicht würde ein Philosoph sagen, jener hätte auch keinen so guten Anspruch darauf als diese. Am Tage der Krönungsfeyerlichkeit drängte ich mich durch die Menge und hatte unglaubliches Vergnügen, als ich, da eben meine Kleider vorbeygingen, verschiedene sagen hörte: ›Gott behüte! War etwas jemahls so schön als der Graf von Devonshire? Wahrlich er und Sir Hugh Bigot sind die zwey am besten gekleideten Männer, die ich je gesehen habe.‹ Nun waren aber diese beyden Kleidungen eben mein Werk.

Das Arbeiten für Hofleute würde in der That unendlich

angenehm seyn, weil sie überhaupt artige Leute sind, und unsere Kleider auf das vortheilhafteste zeigen können, wenn da nicht eine kleine Entmuthigung wäre, nähmlich die, daß sie nie bezahlen. Ich versichere heilig, ich habe, auch wenn ich in meinem Leben durch den Hof fast eben so viel verlor, wie ich durch die Stadt einnahm, niemahls ein Kleid in die letzte mit halb so viel Befriedigung gebracht als an den ersten; und doch konnte ich von jener eben so gut baares Geld, als von diesem gar kein Geld erwarten.

Die Höflinge kann man überhaupt in zwey sehr wesentlich von einander verschiedene Gattungen theilen: in solche, die gar nicht die Absicht haben, ihre Kleider zu bezahlen; und in solche, die zwar diese Absicht haben, aber sie nie ausführen können. Zu dieser zweyten Gattung gehören auch manche junge Herren, die wir für die Armee ausrüsten, und die zu unserem Unglücke umkommen, ehe sie noch befördert werden. Daher hält man die Schneider in Kriegszeiten oft fälschlicher Weise für Politiker, wenn sie sich so sorgfältig nach dem Ausgange der Schlachten erkundigen, weil ein einziger Feldzug zuweilen ein halbes Dutzend von unserem Stande ruiniert. Ich bin sicher, ich hatte Ursache genug, die unglückliche Schlacht bey Cardigan oft zu verwünschen, worin die Walliser einige von des Königs Stephans besten Truppen vernichteten und manches gute meiner Kleider, ohne bezahlet zu seyn, zu Boden fiel.

Die Herren von meinem ehrenvollen Berufe sind in den jetzigen Zeiten besser daran als noch zu meiner Zeit; denn jetzt gilt, wie es scheinet, die Mode, daß wenn sie vermuthen, ihr Kunde sey nicht in den besten Umständen, und sie nicht gleich beym Überbringen der Kleidung bezahlet werden, sie den Preis in ihrem Buche noch einmahl so hoch ansetzen, als sie werth ist, und dann einen Herrn mit einem kleinen Stücke Pergament senden, um das Geld zu fordern. Wird es alsdann nicht gleich bezahlet, so nimmt der Herr den Beau mit sich in sein Haus und hält ihn da so lang eingeschlossen, bis der Schneider bezahlt ist; zu meiner Zeit aber waren solche Pergamentstückchen noch nicht üblich, und wenn der Beau, wie es oft geschah, für seine Kleider nicht bezahlen wollte, so konnten wir ihn auf keine Weise dazu zwingen.

In der Beschreibung meiner verschiedenen Rollen habe ich, wie ich fürchte, zuweilen meiner selbst vergessen und mich dabey so angesehen, als wäre ich wirklich noch so interessieret wie damahls, als ich sie auf der Erde vorstellte. Jetzt habe ich mich auf der That ertappet, da ich über meine Kunden so bittere Klagen führte wie ehedem, als ich noch ein Schneider war; indessen, wenn auch einige Personen von hohem Range, und auch noch einige andere, ihre Schulden niemahls bezahlten, so war doch ihre Anzahl nicht eben groß, und ich hatte eine Methode, diesen Verlust wieder auszugleichen. Ich ordnete meine Kunden in drey Classen ein: solche, die gleich baar bezahlten, solche, die langsam, und solche, die gar nicht bezahlten. Die erste Classe betrachtete ich für sich allein, als Leute, von denen ich einen gewissen, aber geringen Profit zog. Die beyden letzten rechnete ich zusammen und ließ diejenigen, die langsamer bezahlten, mir die Verluste ersetzen, die ich durch jene litt, welche gar nicht bezahlten. So verlor ich im Ganzen unbeträchtlich wenig, und ich würde meiner Familie ein gutes Vermögen hinterlassen haben, wenn ich mich nicht in gewisse Ausgaben gestürzt hätte, die meinen ganzen Gewinn verschlangen. Ich hatte eine Frau und zwey Kinder und hielt sie knapp genug, ja, ließ sie halb verhungern; hingegen unterhielt ich eine Mätresse auf eine weit anständigere Art: für sie war ein Landhaus an der Themse in einer anmuthigen Lage vornehm eingerichtet und mit allem Erforderlichen wohl versehen. Dieses Frauenzimmer konnte im eigentlichen Sinne meine Mätresse, d. i. meine Herrin, genannt werden, denn das war sie ohne Einschränkung. Sie hatte zwar nicht mehr Ansprüche, als ich ihr freywillig zugestand, allein sie tyrannisierte mich dennoch so sehr, als ob meine Ketten auf das stärkste verniethet gewesen wären. Ich unterwarf mich diesem allem, nicht weil ich ihre Schönheit bewunderte, welche gewiß nur mittelmäßig war. Ihre Reitze bestanden vielmehr in allerley kleinen Wollüsteleyen, die sie in den Stunden der Tändeley geschickt anzuwenden wußte und die, wie ich glaube, von allen Dingen einem Liebhaber am angenehmsten sind.

Sie war so ausgelassen verschwenderisch, daß es schien, ihre eigentliche Absicht sey, mich zu Grunde zu richten. So viel ist gewiß, wenn dieß wirklich ihre Absicht gewesen wäre, hätte sie wenigstens keine schicklicheren Mittel dazu wählen können; ja, es hatte fast das Ansehen, daß ich mir selbst diesen Zweck vorgesetzt hatte: denn außer meiner verschwenderischen Mätresse und meinem Landhause hielt ich noch ein Paar Jagdpferde, mehr weil es Mode war als aus großer Liebe zur Jagd, an der ich selten Theil nahm, obgleich ich dazu Muße genug, ja mehr als die meisten Adeligen hatte. Meine einzige Arbeit war das Maaßnehmen, und zwar nur bey meinen vornehmsten und besten Kunden. Ich habe fast nie in meinem Leben ein Stück Tuch geschnitten und war auch nicht geschickter, einen Rock zu schneidern als jeder andere im Königreiche. Dadurch wurde ein geschickter Geselle mir gar zu unentbehrlich. Dieser wußte, ich müsse mir jede Bedingung und jede Behandlung von ihm gefallen lassen. Er wußte, er werde leichter einen solchen Meister wie mich als ich einen solchen Arbeiter wie ihn finden; darum übte er die offenbarste und unerträglichste Tyranney an mir aus und gab mir selten ein höfliches Wort; weder die tiefste Herablassung von mir, begleitet von Belohnungen und Geschenken, noch eine Erhöhung seines Lohns konnten ihn befriedigen oder vergnügen. Mit einem Worte, er war ein so unumschränkter Herr über mich, als ein ehrgeitziger, fleißiger erster Minister es je einem trägen und wollüstigen König gewesen ist. Alle meine übrigen Gesellen bewiesen ihm mehr Respect als mir, denn sie sahen meine Gunst für eine nothwendige Folge der seinigen an.

Dieß waren die merkwürdigsten Begebenheiten, während ich diese Rolle spielte. Minos zögerte einige Augenblicke und befahl mir dann zurückzukehren, ohne einen Grund anzugeben.«

Drey und zwanzigstes Capitel

Leben des Rathsherrn Julian.

Ich besuchte nun wieder England und wurde in London geboren. Mein Vater war eine Magistratsperson dieser Stadt. Er hatte elf Kinder, von welchen ich das älteste war. Glücklich im Handel erwarb er sich großen Reichthum, konnte mir aber, weil seine Familie so zahlreich war, nicht so viel hinterlassen, daß ich davon ohne Geschäfte hätte zureichend leben können. Ich ward daher bestimmt, ein Fischhändler zu werden, und erlangte in der Folge durch dieses Gewerbe ein sehr ansehnliches Vermögen.

Eben die Gemüthsart, welche bey den Fürsten Ehrgeitz heißt, ist bey den Unterthanen der Parteygeist. Ich war dazu seit meiner Jugend sehr geneigt. Schon als Knabe war ich ein eifriger Anhänger des Prinzen Johann gegen seinen Bruder Richard, während dessen Abwesenheit im heiligen Kriege und seiner Gefangenschaft. Erst ein und zwanzig Jahre alt hielt ich die erste politische Rede und bemühte mich, Unruhe und Unzufriedenheit in der Stadt zu schüren. Eine wohl gelöste Zunge, eine harmonische Stimme, ein angenehmer Vortrag und vor allem eine unerschütterliche Dreistigkeit qualificierten mich vortrefflich zu einem Volksredner, und ich erlangte bald den Beyfall der jüngeren Bürger und auch den einiger schwächeren und unbesonnenen von reiferem Alter. Dieser Beyfall und meine angeborene Eitelkeit machten mich übermäßig stolz und übermüthig. Ich fing bald an, mich für einen wichtigen Mann zu halten und auf Leute, die in jeder Rücksicht über mir standen, herabzusehen.

Um dieselbe Zeit spielte der berüchtigte Robin Hood und sein Geselle Little John in Yorkshire eine große Rolle. Ich übernahm es, im Nahmen der Stadt einen Brief an den ersteren zu schreiben und ihn darin nach London einzuladen, versprach ihm die beste Aufnahme, meldete ihm, wieviel Gewicht und Ansehen ich daselbst habe und wie die Bürger bereits durch mich zu seinem Vortheil eingenommen wären. Ob er den Brief bekommen habe oder nicht, ist mir unbekannt, er gab mir niemahls Antwort.

Kurz hernach machte ein gewisser William Fitz-Osborn oder wie sein Spitznahme hieß, William Lang-Bart, eine große Figur in der Stadt. Er war ein kühner und unverschämter Kerl, hatte sich aber beym Pöbel sehr beliebt gemacht, weil er dessen Sache gegen die Reichen zu vertheidigen vorgab. Ich nahm die Partey dieses Mannes und hielt eine öffentliche Rede zu seinem Ruhm, worin ich ihn als einen Patrioten und als einen Beschützer der Freyheit rühmte; er jedoch bewies sich für diesen Dienst nicht so erkenntlich, wie ich erwartet hatte. Aber da ich glaubte, ich könne leicht Überlegenheit über ihn erlangen, blieb ich standhaft auf seiner Seite, bis der Erzbischof von Canterbury durch eine bewaffnete Macht seinem Fortgang ein Ende setzte: er ward in Bow-Church ergriffen, wohin er sich geflüchtet hatte, und nebst neun Mitschuldigen in Ketten aufgehangen.

Ich selbst entkam mit knapper Not, denn ich war in derselben Kirche mit den Übrigen gefangen genommen worden, und weil ich stark in die Sache verwickelt war, wollte der Erzbischof ein Exempel an mir statuieren; nur die Verdienste meines Vaters, welcher der Königinn Eleanor eine beträchtliche Summe Lösegeld für den König vorgestrecket hatte, retteten mich.

Der Schrecken, den meine Lebensgefahr verursacht hatte, hielt mich eine Zeitlang ruhig, und ich beschäftigte mich desto emsiger mit meinem Handel. Ich ersann alle möglichen Mittel, um den Preis der Fische zu erhöhen, und gab mir die größte Mühe, um von diesem Handel so viel als möglich in meine Hände zu bringen. Hierdurch vergrößerte ich mein Vermögen und erlangte folglich auch einige Wichtigkeit in der Stadt, sie war aber doch weit geringer als diejenige, welche ich zu besitzen geglaubt hatte, als ich vollkommen unbedeutend war; denn in einer handeltreibenden Gesellschaft muß das Geld wenigstens den Grundstein zu aller Macht und allem Einfluß legen.

Da aber, wie jemand bemerkt hat, derselbe Ehrgeitz, der Alexandern nach Asien führte, auch den Ringer auf den Kampfplatz bringt; und es diesem Ehrgeitz eben so unmöglich ist zu ruhen, als dem Quecksilber stille zu halten; so war ich, den er vielleicht eben so sehr als irgend einen Helden des Alterthums beseelte, nicht weniger rastlos und der Gemächlichkeit und Ruhe abgeneigt. Mein erstes Streben ging dahin, das Haupt meiner Gilde zu werden, welche Richard I. eben damahls gestiftet hatte, und bald hernach bewirkte ich, daß ich zu einem Rathsherrn erwählet ward.

Die Opposition ist der einzige Stand, worin ein Unterthan eine Anlage, dergleichen ich hatte, äußern kann. Deßwegen widersetzte ich mich, sobald König Johann den Thron bestiegen hatte, allen seinen Maaßregeln, sie mochten gut oder schlecht seyn. Es ist wahr, dieser Herrscher hatte Fehler genug. Er war der Wollust und der Schwelgerey so sehr ergeben, daß er sich die größten Ausschweifungen darin erlaubte, während er mit gleichgültigen Augen ansah, wie der König von Frankreich fast alle seine ausländischen Besitzungen an sich riß; meine Widersetzung war also wohl zu rechtfertigen, und wenn meine inneren Beweggründe eben so gut gewesen wären als die äußere Veranlassung, so hätte ich wenig zu entschuldigen gehabt; allein in Wahrheit suchte ich nichts als meine eigene Beförderung, ich wollte den König mich fürchten lehren und ihm alsdann das Interesse der Partey, durch welche ich es so weit gebracht hatte, verkaufen. Denn hätte mir das allgemeine Beste wirklich am Herzen gelegen, so hätte ich mich wohl im Anfang seiner Regierung ihm recht eifrig entgegengesetzt, hätte ihm aber ohne Bedenken mit allen Kräften in dem Kampfe gegen den Papst Innocenz III. beygestanden, in welchem das Recht so offenbar auf seiner Seite war, und würde nicht zugelassen haben, daß der Papst durch seinen Übermuth und der König von Frankreich durch seine Übermacht ihn so weit trieben, daß er seine Krone in die Hände des ersteren niederlegte und sie als sein Vasall wieder annahm; weßwegen die Päpste nachher dieses Königreich als ein Lehen ihres Stuhles in Anspruch nahmen; ein Anspruch, der mehreren folgenden Regenten große Unannehmlichkeiten und der Nation unzähliges Unglück verursachte.

Weil der König unter andern Zugeständnissen auch versprochen hatte, dem päpstlichen Legaten Pandolpho eine ansehnliche Summe Geldes auszuzahlen, und das Aufbringen derselben ihm sehr schwer fiel, war er gezwungen, sich an die Stadt zu wenden, wo mein Ansehen und Einfluß so groß war, daß er keine Hoffnung hatte, ohne meinen Beystand etwas zu bewirken. Weil ich dieses selbst wohl wußte, so suchte ich mich und mein Vaterland so theuer als möglich zu verkaufen. Die Bedingungen, die ich forderte, waren eine Stelle, eine Pension und die Erhebung in den Ritterstand. Alles dieses wurde mir sogleich zugestanden. Ich wurde alsbald geadelt, und auf die andern beyden Forderungen erhielt ich das Versprechen.

Nun trat ich öffentlich auf und hielt ohne die geringste Rücksicht auf Anstand und Bescheidenheit eine so emphatische Rede auf den König als vormahls gegen ihn. Ich rechtfertigte darin alle Maaßregeln, die ich vorher verworfen hatte und redete meinen Mitbürgern eben so ernstlich zu, ihre Börsen zu öffnen, als ehedem, sie zu verschließen. Allein, meine Beredsamkeit hatte nicht die bezweckte Wirkung, und die Folge meiner Darlegungen war bloß meine Verspottung. Die Leute starrten anfänglich einander an und drückten darauf einmüthig ihr Mißfallen aus. Ein unverschämter Kerl unter ihnen rief laut, auf mein Gewerbe anspielend: ›Faule Fische‹, was die ganze Versammlung unverzüglich wiederhohlte. Ich war genöthiget, nach Hause zu schleichen, allein ich konnte meinen Rückzug nicht bewerkstelligen, ohne vom Pöbel begleitet zu werden, der mir über die ganze Straße sein: ›Faule Fische‹ nachbrüllte.

Ich ging nun an den Hof, um dem König meine treuen Dienste zu melden, und wie viel ich seinetwegen gelitten habe. Meine erste Aufnahme zeigte mir, daß er schon von meinem Erfolge gehört hatte. Aber an Statt mir für meine Rede zu danken, sagte er, die Stadt solle ihre Hartnäckigkeit bereuen und er wolle ihr zeigen, wer er sey; und mit diesen Worten wies er mir sogleich jenen Theil zu, welchem unsere Füsse so ungemein zugethan sind, daß, wenn er uns zur rechten Zeit vorgehalten wird, es sehr schwer fällt, sie davon abzuhalten, ihn auf das heftigste und nachdrücklichste zu begrüßen.

Dieß Betragen verdroß mich ein wenig, und ich bath den König ernstlich um die Erfüllung seines Versprechens; er aber entfernte sich, ohne mich einer Antwort zu würdigen. Ich wendete mich darauf an einige Höflinge, die mir vor kurzem große Freundschaft versichert, bey mir gespeiset und mich zu sich eingeladen hatten; aber keiner wollte mir antworten, und alle flohen vor mir, als wenn ich eine ansteckende Krankheit hätte. Ich lernte nun aus der Erfahrung, daß, wie niemand höflicher, so auch niemand gröber als ein Hofmann seyn könne.

Wenige Augenblicke nach dem Abgange des Königs befand ich mich allein im Saale und überlegte, was ich thun und wohin ich mich wenden sollte. Mein Empfang in der Stadt versprach dem am Hofe wenigstens gleich zu seyn. Allein, dort war ich zu Hause, und dahin mußte ich mich für jetzt nothwendiger Weise zurückbegeben.

Wenn ich aber gleich eine üble Behandlung in der Stadt gefürchtet hatte, so übertraf sie doch noch meine Erwartungen. Ich ritt auf einem Paßgänger durch große Haufen Volks, welche ihre Verachtung und Geringschätzung auf alle ersinnliche Weise ausdrückten und mich nicht allein mit den ärgsten Schimpfwörtern belegten, sondern auch mit Koth bewarfen. Endlich kam ich doch, zwar mit heilen Knochen, aber ganz mit Unflathe bedecket bey meinem Hause an.

Wie ich die Thüre erreichet und sie gegen den nachdringenden Pöbel verriegelt hatte, der nun seiner Galle genug Luft gemacht hatte und geneigt schien, es dabey bewenden zu lassen, fiel mich meine Frau, die ich jammernd über ihren Kindern fand und von welcher ich einigen Trost in meiner Bedrängniß erwartet hatte, auf das Grimmigste an. Sie fragte mich, warum ich einen solchen Schritt gewaget habe, ohne sie zu Rathe zu ziehen; ich hätte sie wengistens höflich fragen können, wenn ich ihr auch nicht hätte folgen wollen. Ich möge von ihrem Verstande denken, was ich wolle, die restliche Welt denke doch besser davon. Wann immer ich sie um ihren Rath gefragt habe, sey mir nichts fehl geschlagen, noch sey mir ohne ihn jemahls etwas gelungen; – sie fügte dem noch viel Ähnliches bey, das anzuführen hier verdrießlich seyn würde, und schloß damit, es sey ungeheuerlich, daß ich meine Partey verlassen und mich auf die Seite des Hofes gewandt habe. Ein Vorwurf, den ich übler aufnahm als alles andere, denn sie hatte seit etlichen Jahren unablässig über die Opposition gespottet, es selbst mit der Hofpartey gehalten und mich ersuchet, derselben beyzutreten; besonders, nachdem ich ihr eröffnet hatte, ich solle geadelt werden, hatte sie allezeit meine Ruhe gestöret und mir in den Ohren gelegen, wie thöricht es sey, Ehren auszuschlagen und einer Partey und Grundsätzen anzuhängen, wodurch ich mir und den Meinigen gewiß keinen Nutzen verschaffen werde.

Mein Handel war nun ganz ruiniert, weßwegen ich keinerley Neigung verspürte, länger in der Stadt zu bleiben, wo ich jeden Tag neuen Beschimpfungen und Verdrießlichkeiten entgegen sah. Ich endigte also meine Geschäfte so bald als möglich, scharrte zusammen, was ich konnte, und begab mich auf das Land, wo ich meine übrigen Tage in allgemeiner Verachtung verlebte, geflohen von jedermann, unablässig geschmähet von meiner Frau und wenig respectieret von meinen Kindern. Minos sagte, ich sey zwar ein nichtswürdiger Kerl gewesen, er glaube aber doch, ich habe durch meine Leiden manches abgebüßet, und geboth mir also, einen weiteren Versuch zu wagen.«

Vier und zwanzigstes Capitel

Julian erzählt, was sich mit ihm
zugetragen hat, als er ein Poet war.

Rom ward nun mein Geburtsort, und die Familie, worin ich erschien, zeichnete sich mehr durch Ansehen als durch Reichthum aus. Ich ward der Kirche bestimmet und hatte eine recht gute Erziehung; da aber mein Vater in meiner Jugend starb und mir, weil er sein ganzes Erbtheil durchgebracht hatte, nichts hinterließ, so mußte ich in einen Bettelorden eintreten.

Während meiner Schulzeit zeigte ich einiges Geschick zum Versemachen, welches ich unglücklicher Weise für poetisches Genie hielt und dem ich zu meinem Schaden nachhing; denn meine Verse machten mich nur lächerlich, und nur zum Spott nannte man mich den Poeten.

Diese Neigung verfolgte mich, so lang ich lebte. Mein erstes poetisches Werk, nachdem ich die Schule verlassen hatte, war ein Lobgedicht auf Papst Alexander IV., der damahls mit dem Plan umging, den König von Sicilien zu entthronen. Über diesen Gegenstand verfertigte ich ein Gedicht von ungefähr fünfzehntausend Versen, welches mir mit vieler Mühe in die Hände Seiner Heiligkeit zu bringen gelang, von dem ich dafür eine ansehnliche Beförderung erwartete; aber ich ward grausam enttäuschet; denn als ich ein volles Jahr gewartet hatte, ohne eine einzige von den Empfehlungen zu hören, welche ich zu erhalten mir geschmeichelt hatte, und ich mich nicht länger gedulden konnte, wendete ich mich an einen mir verwandten Jesuiten, der ein Vertrauter des Papstes war, um zu erfahren, wie Seine Heiligkeit über mein Werk urtheile; er antwortete mir kalt, der Papst sey jetzt mit wichtigeren Unternehmungen beschäftigt, als daß er Gedichte lesen könne.

So mißvergnügt ich über eine solche Aufnahme seyn mochte und wirklich war, und so zornig ich auch über

Papst war, für dessen Verstand ich nunmehr maaßlose Verachtung hegte, so ließ ich mich doch nicht entmuthigen, einen zweyten Versuch zu wagen. Ich verfaßte also bald hernach ein neues Werk und betitelte es: Das Trojanische Pferd. Es war eine Allegorie, worin die Kirche auf eben die Art in die Welt eingeführt wurde als jene Maschine in die Stadt Troja. Die Priester waren die Krieger im Bauche des Pferdes, und der heidnische Aberglaube war die Stadt, die von ihnen zerstöret werden sollte. Dieß Gedicht war Lateinisch geschrieben. Ich erinnere mich noch einiger Verse: –

Mundanos scandit fatalis machina muros,
Farta sacerdotum turmis: exinde per alvum
Visi exire omnes, magno cum murmure olentes.
Non aliter quam cum humanis furibundus ab antris
It sonus et nares simul aura invadit hiantes.
Mille scatent et mille alii; trepidare timore
Ethnica gens coepit: falsi per inane volantes
Effugere Dei –Desertaque templa relinquunt.
Jam magnum crepitavit equus, mox orbis et alti
Ingemuere poli: tunc tu pater, ultimus omnium,
Maxime Alexander, ventrem maturus equinum
Deseris, heu proles meliori digne parente.*«

* Damit nichts fehle, mag hier eine meistens treue Übersetzung der obigen Verse stehen:

Unheildrohend, gefüllet mit Schaaren von Vätern,
Steigt die Maschine die weltlichen Mauern hinan; alsdann sah ich alle
Mit stärkstem Getös und Gestank dem Roßbauch entsteigen.
Gleich dem Knall und dem Dunst,
Der den menschlichen Höhlen entweichend die geöffneten Nasen befällt.
Tausend und Tausende wimmeln heraus; es bebet und zittert
Alles Gesindel der Heiden: die nichtigen Götzen beginnen
Eiligst zu fliehen – Sie lassen die Tempel verödet zurück.
Endlich tönt es gewaltig im Pferde, und Erdkreis und Himmelsgewölbe
Beginnen alsbald zu erzittern.
Dann, zu gehöriger Zeit, entsteigst Du, Vater,
Der höchste von allen, der größte Alexander,
Würdig, einer edleren Mutter Sprößling zu seyn,
dem Bauche des Pferdes.

Ich glaube, Julian würde, wenn ich ihm keinen Einhalt gethan hätte, das ganze Gedicht von Anfang bis zum Ende recitieret haben (denn ich bemerkte, daß er bey fast allen seinen Erzählungen die gleichen Regungen empfand, als wenn er die Personen noch wirklich vorgestellet hätte); aber ich bath ihn, das Übrige jetzt zurückzubehalten und in seiner Geschichte fortzufahren. Er sammelte sich also wieder, lächelte über meine Bemerkung, die er durch Intuition wahrgenommen hatte, und setzte seine Erzählung fort wie folget: –

»Ich versichere Euch«, sagte er, »das Vergnügen, welches ein Poet durch das Wiederhohlen seiner eignen Werke empfindet, ist so groß, daß es nie ganz aus einer Seele getilgt werden kann. Glücklich würden sie seyn, wenn ihre Zuhörer ein gleiches Vergnügen empfinden könnten, aber leider treffen sie an seiner Statt auf die *ingens solitudo**, welche schon Horaz beklaget; denn die Eitelkeit der Menschen ist so viel unersättlicher und allgemeiner als ihr Geitz, daß kein Bettler so übel von ihr empfangen wird als derjenige, der nach ihrem Lobe trachtet.

Das habe ich, als ich ein Poet war, genugsam erfahren; mein Umgang ward (ich glaube hauptsächlich aus diesem Grund) von allen meinen Hausgenossen gemieden; ja, sehr wenige wollten, selbst wenn ich sie bewirthete, sich zur Anhörung meiner Gedichte bequemen. Der einzige, der mir Gehör gab, war ein Bruder-Poet, und er nährte mich reichlich mit Lobeserhebungen; allein, da ich, wenn mich die Reihe traf, auch ihn anhören und preisen mußte, so erkaufte ich seine Aufmerksamkeit wohl theuer genug.

Nun mein Herr, wenn die Erwartung einiger Belohnung für mein erstes Gedicht vergeblich gewesen war, so hatte ich jetzt noch größere Ursache, mißvergnügt zu seyn; denn an Statt für dieses zweyte befördert oder

* Große Einsamkeit. (A. d. Ü.)

empfohlen zu werden, wurde mir von meinem Vater Superior eine sehr harte Buße auferlegt, weil ich den Papst auf eine närrische Art mit einem F–z verglichen hatte. Meine Poesie diente nun in allen Gesellschaften zum Spott, ausgenommen einiger weniger, die sogar mit Abscheu von ihr sprachen, und ich erfuhr, daß, an Statt mich zu einer Beförderung zu empfehlen, sie mir vielmehr alle Aussicht auf eine solche für immer versperrte.

Diese Entmuthigungen veranlaßten mich, meine Feder niederzulegen und nichts mehr zu schreiben. Aber wie Juvenal sagt:

– Si descedas, Laqueo tenet ambitiosi
Consuetudo mali.*

Mein eignes Exempel beweiset die Wahrheit dieses Satzes, denn bald kehrte ich zu meiner Muse zurück. Wahrlich, ein Dichter hat dasselbe Glück wie ein Mann, der in eine häßliche Frau sterblich verliebt ist. Die hohen Freuden, welche jenem seine Muse und diesem seine Geliebte gewähret, werden durch das Urtheil der Welt nur wenig vermindert, und beyde schätzen den Geschmack der Übrigen, weil er mit dem ihrigen nicht übereinstimmt, geringer, als sie sollten.

Es ist nicht nöthig, noch mehrere Gedichte von mir zu erwähnen; sie hatten alle einerley Schicksal; und wiewohl in Wirklichkeit einige der späteren (wie ich jetzt, ohne mich der Eitelkeit verdächtig zu machen, sagen kann) eine bessere Aufnahme verdienten, so war es mir doch unmöglich, da ich einmahl im Rufe eines schlechten Schriftstellers stand, den Ruf eines guten zu erwerben. Selbst wenn ich Homers Verdienste besessen hätte, hätte ich auf keinen Beyfall hoffen dürfen; wenigstens hätte mein Nahme ein tiefes Geheimniß bleiben müssen, denn

* D. i. – Und wenn du dich auch loszuwinden suchst,
So hält der angewohnten Ehrsucht Übel
Dich am Strick.

kein Mensch wollte mehr eine Sylbe meiner Schriften lesen.

Die Poeten meiner Zeit waren überhaupt, wie Ihr wissen werdet, nicht sonderlich berühmt. Nur einer hatte damahls einigen Credit, zu meinem Troste aber sind alle seine Werke längst verschollen. Die Bosheit, den Neid und den Haß, die ich gegen diesen Mann hegte, kann sich nur ein Schriftsteller, besonders ein unglücklicher, vorstellen; ich konnte es niemahls ertragen, wenn man Gutes von ihm sprach, und schrieb anonyme Satiren auf ihn, obgleich ich ihm zu Dank verbunden war; ja ich glaube, es wäre ihm schlechterdings unmöglich gewesen, mich durch irgend ein Mittel zu seinem aufrichtigen Freunde zu machen.

In neueren Zeiten hat man die Bemerkung gemacht, es gebe keine boshafteren Menschen als schlechte Schriftsteller. Ein ähnliches hat man über häßliche Frauen angemerkt, und die Wahrheit von beydem beruht auf ein und demselben Grunde, daß nähmlich beyde von dem verfluchten und verabscheuungswürdigen Laster des Neides angestecket sind, welcher nicht nur der Seele, die er bewohnet, zur größten Marter wird, sondern auch im Stande ist, sie gänzlich zu verderben und zur Begehung der abscheulichsten Verbrechen anzustiften.

Mein Leben dauerte nicht lang; denn ich peinigte mich durch das eben erwähnte Laster bald zu Tode. Minos sagte mir, ich sey für das Elysium viel zu schlecht; und was den anderen Ort angehe, habe der Teufel, um des Orpheus willen, geschworen, keinen Dichter aufzunehmen; ich mußte also wiederum zurück, von wo ich gekommen war.«

Fünf und zwanzigstes Capitel

Julian spielt die Rollen eines Ritters und eines Tanzmeisters.

Ich betrat jetzt die Bühne in Sicilien und ward ein Tempelritter; da aber meine in diesem Stande erlebten Abenteuer von den bereits erzählten als einem gemeinen Soldaten wenig verschieden sind, so will ich Euch durch keine Wiederholung ermüden. Zwischen dem Soldaten und dem Hauptmann ist in Wirklichkeit ein so geringer Unterschied, daß man eine gute Urtheilskraft haben muß, um sie auseinander zu halten; der letztere trägt feinere Kleider und lebt zu Zeiten des Erfolges besser; in allem Übrigen aber sehen sie sich sehr ähnlich.

Mein nächster Auftritt erfolgte in Frankreich, wo mir das Schicksal die Rolle eines Tanzmeisters zuertheilte. Ich war in meiner Kunst so geschickt, daß man mich in meiner Jugend an den Hof brachte und mir die Füße Philips von Valois, der hernach Carl dem Schönen auf den Thron folgte, anvertraute.

Ich erinnere mich nicht, in irgend einem Charakter, worin ich auf der Erde erschienen bin, mir eine größere Würde oder eine größere Wichtigkeit gegeben zu haben als in diesem. Tanzen sah ich als die größte Vollkommenheit der menschlichen Natur an und mich selbst als den größten Meister darin. Eben das schien die allgemeine Meinung des ganzen Hofes zu seyn; darum wurde ich der Hauptlehrer der Jugend von beyden Geschlechtern, und man schätzte den Verdienst derselben fast einzig und allein nach ihren Fortschritten in der Wissenschaft, welche ich zu lehren die Ehre hatte. Ich selbst war von der Richtigkeit dieser Meinung so fest überzeugt, daß ich nicht allein diejenigen geringschätzte und verachtete, die das Tanzen nicht verstanden, sondern auch glaubte, jemandem das größte Lob zu ertheilen, wenn ich von ihm sagte, er mache einen anmuthigen Bückling; in Ermangelung welcher Fertigkeit ich dem größten Theil der Gelehrten, einigen Officieren der Armee und selbst einzelnen Hofleuten mit erhabener Verachtung begegnete.

Obgleich so wenig von meiner Jugend für das, was man damahls Gelehrsamkeit nannte, verschleudert worden war, daß ich kaum lesen und schreiben konnte, so verfaßte ich doch eine Abhandlung über die Erziehung; die Anfangsgründe derselben bestanden, wie ich lehrte, darin, das Kind in der Wissenschaft zu unterrichten, mit Anstand in ein Zimmer zu treten. In diesem Puncte verbesserte ich viele Fehler meiner Vorgänger, besonders ihre Eilfertigkeit und ihre Gewohnheit, Kinder in den sublimeren Theilen der Tanzkunst zu unterrichten, ehe sie gelernt haben, jemandem die Ehre zu erweisen.

Da ich aber jetzt nicht mehr die hohe Meinung von meiner Kunst wie ehedem habe, so will ich Euch durch keine lange Geschichte eines Lebens unterhalten, das aus lauter Bourréen und Coupéen bestand. Es soll genügen, daß ich ein sehr hohes Alter erreichte und meine Geschäfte fortsetzte, so lange ich kriechen konnte. Zuletzt besuchte ich meinen alten Freund Minos wieder, der mir sehr wenig Respect bewies und mir auf die Erde zurück zu tanzen befahl.

Ich that das und ward wieder in England geboren; man erzog mich für die Kirche, und ich erlangte endlich die Würde eines Bischofs. In diesem Stande war nichts so merkwürdig, als daß ich meine Stimme stets –*.«

* Hier fehlet ein Theil des Manuscriptes, und zwar ein sehr beträchtlicher Theil, wie man aus der Zahl des nächsten Buches und Capitels ersehen kann, welches, wie ich sehe, die Geschichte der Anna Boleyn enthält; wie er aber mit dem Vorhergehenden verbunden gewesen und an wen die Erzählung gerichtet sey, das bleibet völlig im Dunkeln. Anmerken muß ich nur noch, daß dieses Capitel im Originale von einer Frauenhand geschrieben ist; und obgleich die Bemerkungen in demselben, nach meiner Meinung, eben so vorzüglich als die im übrigen Theile dieses Buches sind, so scheinet doch der Styl des letzten Capitels vom Style der ersten unterschieden zu seyn; und da hier ein weiblicher Charakter geschildert wird, so bin ich fast geneigt zu glauben, daß es auch wirklich von einer Person dieses Geschlechts geschrieben worden sey.

NEUNZEHNTES BUCH

Siebentes Capitel

Worin Anna Boleyn ihre
Lebensgeschichte erzählt.

Ich will nun aufrichtig ein Leben erzählen, welches seit seinem Ende in der andern Welt immer wieder den Chicanen streitender Parteyen ausgesetzt gewesen ist; die einen stellen mich so schwarz als die Hölle, die anderen so rein und unschuldig als die Bewohner dieses gesegneten Landes hier vor; der Nebel der Vorurtheile verblendet ihre Augen, und Partey-Eifer läßt ihnen jede Sache in dem Lichte erscheinen, wovon sie glauben, daß es ihnen die meiste Ehre bringe.

Meine Kindheit brachte ich in meines Vaters Hause mit den kindischen Spielen zu, welche sich für dieses Alter am besten schicken, und ich halte sie für einen der glücklichsten Theile meines Lebens; denn meine Eltern gehörten nicht zu denjenigen, welche ihre Kinder nur für Gegenstände einer tyrannischen Gewalt ansehen, sondern sie betrachteten mich als ein theures Pfand tugendhafter Liebe und sahen aus Zärtlichkeit meine kleinen Freuden für ihr größtes Vergnügen an. In meinem siebenten Jahre wurde ich im Gefolge der Schwester des Königs, die mit dem Französischen Könige vermählt wurde, nach Frankreich gebracht, wo ich bey einer mit meinem Vater befreundeten vornehmen Dame lebte. Ich verbrachte die Zeit mit der Erlernung derjenigen Dinge, wodurch junge Personen von Stande eine feine Erziehung erhalten, und that weder Gutes noch Böses, sondern ein Tag folgte dem andern auf eine gleichförmig stille und behagliche Weise bis in mein vierzehntes Jahr; damahls nahm eine gewisse Unruhe ihren Anfang, meine Eitelkeit wurde stark und mein Herz schlug vor Freude bey jedem meiner Schönheit gemachten Complimente. Da die Dame, bey welcher ich lebte, von munterem und lebhaftem Charakter war, so hielt sie viel Gesellschaft, und meine

Jugend und meine Reitze waren der beständige Gegenstand allgemeiner Bewunderung. Eine Weile lang lebte ich unter dem wonnevollen Entzücken, welches eine jede Frau zu fühlen pflegt, die mit sich selbst und dem Betragen anderer gegen sie zufrieden ist; noch sehr jung ward ich zu einem Ehrenfräulein bey der Königinn ernannt. Der Hof wurde damahls von einem jungen Edelmann besuchet, dessen Schönheit in allen Damengesellschaften der Hauptgegenstand der Unterhaltung war. Das Feine seiner Person und seine sanften Manieren gaben allem, was er sagte und that, einen solchen Anstrich von Zärtlichkeit, daß jede Dame, die er anredete, sich damit schmeichelte, von ihm geliebt zu werden. Auch ich war eingebildet genug auf meine Reitze, um die Eroberung desjenigen zu hoffen, wonach der ganze Hof seufzte. Ich glaubte nun jeden andern Mann meiner Beachtung unwürdig; das einzige Vergnügen, welches ich dabey bezweckte, war, über sein Herz, dessen Besitz, wie ich deutlich merkte, alle Damen von höchstem Stande und von größter Schönheit stolz gemacht haben würde, zu triumphieren. Ich war noch zu jung, um viele Künste zu gebrauchen; aber die Natur selbst entdecket einem der Galanterie gewohnten Manne bald, ob der Wunsch einer Frau, seinen Beyfall zu erhalten, wirklich aus einer besondern Neigung gegen ihn oder aus bloßer Eitelkeit entstanden sey. Er errieth meine Gedanken bald und gewährte mir meine höchsten Wünsche, indem er mich allen anderen vorzog und die äußerste Galanterie und Geschicklichkeit bewies, um meine Zuneigung zu gewinnen. Dieses plötzliche Glück, welches ich damahls für das höchste hielt, das ich erreichen könne, verrieth sich bald in allem, was ich that; ich ward so munter und so lebhaft, daß meine Person sich in immer größerem Vortheile zeigte und alle meine Bekannten schienen mich mehr zu lieben denn je; allein, so jung ich war, so sah ich doch leicht, daß es bloße Verstellung war, denn bey allem ihrem Bemühen, das Gegentheil zu zeigen, brach ihr

Neid oft in tückische Andeutungen und boshafte Sticheleyen aus, was mir neuen Stoff zum Triumphe und öftere Gelegenheit gab, sie zu necken, welches ich mir niemahls entgehen ließ, weil mein weibliches Herz jetzt ein boshaftes Vergnügen darüber zu empfinden anfing, daß andere nach dem, was ich genoß, sichtlich schmachteten. Als ich den höchsten Gipfel meines Glückes erreicht hatte, verfiel die Königinn in eine schleichende Krankheit und ward dadurch genöthiget, die Luft zu verändern und sich auf das Land zu begeben; meine Stellung am Hofe verpflichtete mich, sie zu begleiten, und ich weiß nicht durch welche Mittel, aber mein junger Held brachte es dahin, daß er einer von dem kleinen Gefolge ward, welches meine königliche Gebietherinn begleitete, obgleich sie so privat als möglich reisete. Bisher waren alle meine Zusammenkünfte mit ihm öffentliche gewesen, und ich sah ihn bloß für ein geeignetes Mittel an, um meinen Stolz zu befriedigen, der auf weiter nichts zielte, als seine Macht zu zeigen; aber nun war die Scene ganz geändert. Alle meine Nebenbuhlerinnen waren ferne; unser Aufenthaltsort war so reitzend, als die schönste Natur und die größte Kunst ihn machen konnte; vergnügliche einsame Spaziergänge, der Gesang der Vögel, die tausend anmuthigen romantischen Gestalten dieser herrlichen Landschaft bewirkten in meinem Gemüthe eine plötzliche Veränderung; meine Seele zerfloß ganz in Sanftheit, und alle meine Eitelkeit verschwand. Mein Galan war mit Händeln dieser Art nur zu gut bekannt, um diese Veränderung nicht bald zu bemerken; die verschwenderischen Äußerungen seiner Fröhlichkeit brachten mich anfänglich auf den Gedanken, er sey nun völlig mein, und dieser Gedanke machte mich so selig, daß keine Sprache Worte enthält, mein Hochgefühl auszudrücken, und nur, wer es selbst empfunden hat, sich eine Vorstellung davon machen kann. Allein dieß dauerte nicht lange, denn ich fand bald, ich habe es mit einem von den Männern zu thun, die mit dem Hofieren einer Frau einzig bezwecken, sie ihrer unersättlichen Begierde nach Bewunderung aufzuopfern. Das war ihm gelungen, und nun ward seine Liebe jeden Tag kälter, hingegen meine Leidenschaft, als wenn ich ganz bethöret wäre, täglich zunahm; und trotz aller meiner Entschließungen und Bemühungen, das Gegentheil zu thun, ging meine Wuth über die Enttäuschung meiner Liebe sowohl als meines Stolzes und über die Erkenntniß, daß ich eine Leidenschaft in meinem Busen fühlte, die ich nicht zu überwinden wußte, in das schwankende Betragen über, welches allemahl die Folge heftiger Leidenschaften ist. In einem Augenblicke machte ich ihm Vorwürfe, in dem nächsten ward ich ganz Zärtlichkeit, tadelte mich selbst und glaubte, ich irre mich in ihm. Er sah meinen Kampf und triumphierte darüber; da er aber nicht genug Zeugen seines Sieges hatte, um sich einen vollkommenen Genuß zu verschaffen, so ward er des Landlebens müde, kehrte nach Paris zurück und ließ mich in einer unbeschreiblichen Lage. Mein Gemüth glich einer Stadt unter Waffen und voller Verwirrung; jeder neue Gedanke störte von neuem meinen Frieden. Der Schlaf verließ mich, und meine Unruhe zog mir ein Fieber zu, welches mir beynahe das Leben gekostet hätte. Durch eine gute Pflege genas ich wieder, allein die heftige Krankheit ließ eine solche Schwäche in meinem Körper zurück, daß die Zerrüttung meines Gemüths großentheils gelindert ward, und ich fing an, mich mit der Betrachtung zu trösten, daß bey aller Wahrscheinlichkeit nur die vollendete Coquetterie dieses Herrn mich hatte retten können; denn er war der einzige Mann, der es je vermochte, mich in eine solche Gefahr zu bringen. Als ich mich wieder wohl befand, kehrten wir nach Paris zurück; ich bekenne, daß ich wünschte und zugleich fürchtete, den Ursacher aller meiner Qualen zu treffen; indessen hoffte ich, mein Unmuth werde mir helfen, ihm gleichgültig zu begegnen. Mit solchen Gedanken beschäftigte ich mich, bis wir ankamen. Am folgenden Tage war der Hof sehr zahlreich, um der Königinn zu ihrer Genesung Glück zu wünschen, und unter den Übrigen erschien mein Liebhaber so gekleidet und geputzt, als ob er auf eine neue Eroberung ausginge. An Statt mir als einer Frau, die er verachtete und geringschätzte, zu begegnen, näherte er sich mit der zuversichtlichen Miene, welche allen siegesgewissen Freyern gemein ist. Zu gleicher Zeit sah ich mich von allen Damen umringt, die seinetwegen meine ärgsten Feindinnen waren, und die, um gerächt zu werden, nichts mehr wünschten, als daß ich vor ihren Augen eine lächerliche Figur machen möchte. Dieser Umstand verwirrte meine Gedanken so sehr, daß ich, als er nahe genug war, mich anzusprechen, ohnmächtig in seine Arme fiel. Wahrlich, wenn ich darauf gesonnen hätte, wie ich ihm am meisten hätte gefällig seyn können, so würde ich nichts ihm Angenehmeres haben erfinden können. Einige Umstehende brachten Riechfläschchen herbey und bemühten sich, mich wiederherzustellen, und alsbald begrüßte man meine Rückkehr ins Leben durch allerley Sticheleyen, wodurch Frauenzimmer, wüthend vom Neide, sich Luft zu machen pflegen. Eine rief: ›Ey, das hätte ich nimmer gedacht, daß der Lord etwas so Gräßliches an seiner Person oder etwas so Wildes in seinen Manieren hätte, daß eine junge Dame über seinen Anblick in Todesschrecken fiele.‹ ›Nein, nein‹, sagte eine andere, ›die Sinne *gewisser Damen* neigen eher dazu, sich durch angenehme als durch unangenehme Gegenstände erschrecken zu lassen.‹ Es folgten noch andere dergleichen Äußerungen, die mehr Bosheit als Witz verriethen. Das war mir unerträglich, und ich kroch, da ich kaum so viel Kraft hatte, als zur Bewegung nöthig war, zitternd in meine Kutsche und eilte nach Hause. Als ich mich allein befand und überdachte, wie mir an einem öffentlichen Hofe geschehen war, so gerieth ich erst in die äußerste Verzweiflung; hernach aber, als ich es näher überlegte, trug eben dieser Zufall, wie ich glaube, mehr dazu bey, mich von meiner Leidenschaft zu heilen, als irgend ein anderer es gekonnt hätte. Ich kam zu der Überzeugung, das einzige Mittel, den Mann zu kränken, der mich so barbarisch behandelt hatte, und mich an meinen boshaften Nebenbuhlerinnen zu rächen, sey die Wiedererlangung meiner Schönheit, die jetzt matt und ohne Glanz war; denn ich wollte ihnen zeigen, daß ich noch Reitze genug habe, um so viele Liebhaber anzulocken, als ich wolle, und mit denen zu wetteifern, die mich so grausam beleidiget hatten. Diese angenehmen Hoffnungen belebten meine sinkenden Geister und bewirkten mehr zu meiner erfolgreichen Heilung als alle Philosophie und Rathschläge der größten Weisen es hätten thun können. Ich verwendete nun alle Zeit und alle Sorge auf die Ausschmückung meiner Person, studierte die sichersten Mittel, die Zuneigung anderer zu erlangen und dabey selbst ganz gleichgültig zu bleiben; denn ich war entschlossen, wenn künftig ein zärtlicher Gedanke in mein Herz dränge, seinen Gegenstand zu meiden und sein Bild durch neue Liebhaber aus meiner Brust zu vertreiben. Ich befragte meinen Spiegel jeden Morgen und bekam eine solche Herrschaft über meine Mienen, daß ich sie nach dem verschiedensten Geschmacke aller möglichen Liebhaber einzurichten vermochte; und obgleich ich jung war und noch nicht über siebenzehn Jahre alt, gab mir mein öffentliches Leben doch unaufhörlich Gelegenheiten, mit Männern umzugehen, und das starke Verlangen, ihnen zu gefallen, ließ mich auf alles, was sie sagten oder thaten, so sehr Acht geben, daß ich bald die verschiedenen Methoden, wie sie zu behandeln seyen, kennen lernte. Ich bemerkte, daß die meisten Männer insgemein an Frauen dasjenige schätzen, was ihrem eigenen Charakter am meisten entgegen steht. Deßwegen suchte ich bey ernsthaften, gesetzten Männern von Verstande lustig und lebhaft zu erscheinen; sanft und schmachtend bey witzigen und muntern; bey verliebten (weil diese keiner Verstärkung ihrer Leidenschaft bedurften) kalt und zurückhaltend; bey furchtsamen und trägen warm und feurig; u. s. w. gegen alle andern. Was endlich Beaus und alle solche angehet, bey welchen die Befriedigung ihrer Eitelkeit der Mittelpunct ihrer Wünsche ist, so hatte eine traurige Erfahrung mich belehret, die einzige Art, ihnen zu begegnen, sey, daß man über sie lache und ihre gute Meinung von sich selbst den alleinigen Grund ihrer Hoffnung bleiben lasse. Ich wußte, so lang ich noch andere Verehrer haben könne, wäre ich ihrer gewiß; denn das ist ja das einzige Zeichen, das sie von ihrer Bescheidenheit jemahls geben, daß sie sich nicht auf ihr eigenes Urtheil verlassen, sondern der Meinung des größten Haufens folgen. So mit Maximen ausgerüstet und durch vorige Irrthümer gewitzigt, trat ich meinen Lauf in der Welt gleichsam von neuem an: Ich erschien schöner und liebenswürdiger als jemahls an allen öffentlichen Orten, zum Erstaunen von allen, die mich sahen und die von dem Vorgange mit dem Lord gehöret hatten. Ihn selbst machte diese Veränderung bestürzt und verdrießlich, auch konnte er nicht begreifen, wie ich die Ketten, womit er mich für mein ganzes Leben glaubte gefesselt zu haben, so bald habe abstreifen können; noch war er gewillt, seine Eroberung auf diese Art zu verlieren. Er suchte daher auf alle mögliche Weise, mit mir wieder von der Liebe zu reden, aber ich blieb fest bey meinem Vorsatz (worin mich die Menge meiner mich täglich umgebenden Bewunderer bestärkte), keine Erklärung von ihm anzuhören; denn ich fand, ungeachtet meines Stolzes, daß der erste Eindruck, den die Liebe auf ein Herz macht, so stark sey, daß nur die wachsamste Vorsicht einen Rückfall verhüthen könne. Nun lebte ich drey Jahre lang in einem steten Wechsel von Lustbarkeiten und war der vollkommene Abgott der Männer von jedem Alter und Charakter, die an den Hof kamen. Ich hatte auch verschiedene gute Gelegenheiten, mich zu verheirathen, aber keine schien mir meinem Werthe angemessen zu seyn, und es war eine von meinen größten Freuden, wenn ich meine vermeintlichen Nebenbuhlerinnen froh sah, eine von mir ausgeschlagene Verbindung zu schließen. Aber ungeachtet dieses großartigen Gelingens meiner Absichten kann ich doch nicht sagen, daß ich vollkommen glücklich war; denn jede Dame, welcher die geringste Achtung zu Theile ward, und jeder gegen meine Künste unempfindliche Mann verursachten mir so großen Kummer, als die übrigen mir Vergnügen bereiteten; und zuweilen wurden unter der Hand kleine Intrigen gegen mich gesponnen, die trotz aller meiner Vorsicht gelangen. Ich fing wirklich an, dieser Lebensart müde zu werden, als mein Vater, der von seiner Gesandtschaft am Französischen Hofe zurückkehrte, mich mit sich auf ein kleines gefälliges Landhaus nahm, wo nichts groß und überflüssig, aber alles artig und anmuthig war. Hier führte ich ein ganz einsames Leben. Anfangs lag die Zeit schwer und drückend auf mir, es fehlte an jeder Art von Zeitvertreib, und ich war nahe daran, in die ärgsten Mißlaunen zu verfallen, bloß weil ich nicht wußte, was ich mit mir anfangen sollte. Aber als ich einige Zeit dort gelebt hatte, ward mein Geist so ruhig und ich empfand einen solchen Unterschied zwischen diesem Zustande und der beständigen Besorgniß, die ich am Hofe erfahren hatte, daß ich an der Ruhe, die hier überall um mich her sichtbar wurde, allmählich Theil nahm. Ich fing an, mich mit allerley Arbeiten der Phantasie zu beschäftigen, legte kleine Blumengärten an und schuf mir andere unschuldige ländliche Zerstreuungen, die zwar kein großes Vergnügen gewähren, aber doch dem Gemüthe die sanfte Stimmung geben, von welcher ich denke, daß sie jeder andern, derer die menschliche Natur fähig ist, weit vorgezogen zu werden verdient. Ich beschloß also, hier meine übrigen Tage zuzubringen und mich durch nichts aus dieser süßen Abgeschiedenheit herauslocken und in die Stürme irgend welcher Leidenschaften hineintreiben zu lassen. Wie ich mich in dieser Lage befand, verirrte sich einmahl der Lord Percy, ältester Sohn des Grafen von Northumberland auf einer

Fuchsjagd und begegnete meinem Vater zufälliger Weise ungefähr eine Meile von unserm Hause; er begleitete ihn nach Hause, nur um mit uns zu essen, ward aber so sehr von mir eingenommen, daß er drey Tage bey uns verweilte. Wegen meiner vielen Erfahrungen in dergleichen Dingen bemerkte ich alsbald, welchen Eindruck ich auf ihn gemacht habe, war aber damahls von aller Ehrsucht so vollkommen frey, daß sogar die Aussicht, eine Gräfinn zu werden, nichts bey mir vermochte; und ich glaubte, nichts in der Welt könne mich zur Änderung meiner Lebensweise verleiten. Dieser junge Lord, der gerade in der Blüthe seiner Jahre stand, fühlte eine so heftige Leidenschaft, daß er eine lange Abwesenheit nicht ertragen konnte, sondern nach einer Woche wieder kam und durch alle ihm erdenklichen Mittel mich zur Erwiderung seiner Neigung zu bewegen suchte. Er wendete sich mit derjenigen Zärtlichkeit und Hochachtung an mich, wovon die Bewohnerinnen der Erde insgemein glauben, daß sie nur aus wahrer Liebe entspringen könne; und er versicherte mir öfters, wenn er nicht so glücklich werden und durch seine Unverdrossenheit und Sorgfalt meine Liebe erwerben könne, so wolle er, obgleich er wisse, daß mein Vater seinen Antrag begierig ergreifen würde, lieber das unaussprechliche Unglück ertragen, mich niemahls wieder zu sehen, als sein eigenes Glück einem Umstande verdanken, der meiner Neigung im Mindesten entgegen sey. Diese Verfahrungsart enthielt etwas so Edles und Großmüthiges, daß sie allmählich eine Empfindung in mir erregte, die ich nicht zu beschreiben und nicht zu benennen weiß; sie hatte nichts von meiner vorigen Leidenschaft, denn sie war mit keiner Unruhe und mit keinen unbehaglichen schlaflosen Nächten verbunden; vielmehr schien es mir, als ob alles, was ich ihm mit Ehre gewähren könne, nur seiner Redlichkeit und Liebe geschuldet und mehr eine Wirkung meiner Dankbarkeit als meines Verlangens sey. Was ich meinen Vater von Percy's Charakter hatte sagen hören, als er bald nach meiner Ankunft in England mit mir über Jünglinge von hohem Adel sprach, überzeugte mich, daß ich, als seine Gattinn, immer die Beruhigung genießen werde, zu wissen, daß jede seiner Handlungen vom verständigen Theile der Menschheit werde gebilligt werden; und so begann ich bald, keine Bedenken mehr zu haben, ausgenommen das einzige, daß ich meinen kleinen ruhigen Schauplatz verlassen und mich wieder in die Welt wagen müßte. Doch auch dieses verschwand durch seine beständige Bewerbung und sein ergebenes Betragen nach und nach, und ich willigte ein, daß er es bey guter Gelegenheit meinem Vater vortragen möchte, dessen Zustimmung er bald erhielt; denn eine solche Partie war schlechterdings nicht zu verschmähen. Nunmehr war weiter nichts zu thun, als die Einwilligung des Grafen von Northumberland zu dem sehnlichsten Wunsche seines Sohnes zu erlangen; zu diesem Zweck brach er sogleich nach London auf und bath es sich als größte Gunst aus, daß ich meinen Vater begleiten möge, der in der nächsten Woche auch dahin reisen wollte. Ich konnte ihm diese Bitte nicht abschlagen, und sobald wir in der Stadt angekommen waren, flog er zu mir und meldete mir mit höchster Entzückung, sein Vater, da er gefunden habe, daß des Sohnes Glück auf seiner Antwort beruhe, habe es in seiner Güte gänzlich ihm überlassen, in dieser Sache nach Belieben zu verfahren, und nun stehe seinen Wünschen kein Hinderniß mehr im Wege. Dieß war zu Anfang des Winters, und das Ende des Märzes wurde zu unserer Vermählung bestimmt; die Einwilligung aller Parteyen machte seinen Zutritt zu mir sehr leicht, und wir hatten einen angenehmen und unschuldigen Umgang miteinander. Da seine Liebe zu mir so groß war, suchte er alle möglichen Mittel, um mich immer unter seinen Augen zu haben; an einem Morgen sagte er mir, sein Vater habe ihm befohlen, ihn diesen Abend an den Hof zu begleiten, und bath mich, ich möchte so gütig seyn, mich gleichfalls daselbst einzufinden. Ich war jetzt bereits so gewohnt, seinem Willen in allem nachzuleben, daß ich keine Schwierigkeit machte, seinem Wunsche nachzukommen. Zwey Tage nachher erstaunte ich, wie ich eine ungewöhnliche Melancholie in seinem Gesichte und Veränderung in seinem Betragen bemerkte, die ich gar nicht begreifen konnte. Durch mein beharrliches Bitten entdeckte er mir endlich, daß der Cardinal Wolsey ihm, er wisse nicht warum, schlechterdings verbothen habe, an mich zu denken; und als er darauf bestanden habe, daß sein Vater mit der Heirath zufrieden sey, habe der Cardinal mit seiner gebietherischen Art geantwortet, er werde seinem Vater so überzeugende Gründe von den Unbequemlichkeiten angeben, die unser Vorhaben nach sich ziehen würde, daß er sicher sey, er werde ihn zu seiner Meinung bekehren. Damit habe er sich von ihm abgewendet und ihm keine Gelegenheit zur Antwort gelassen. Ich konnte nicht begreifen, was den Cardinal bewogen haben mochte, sich in diese Heirath einzumischen, und ich wurde noch viel bestürzter, als ich sah, daß mein Vater den Lord Percy mit ungewöhnlicher Kälte behandelte; er selbst sah es auch, und wir beyde konnten die Ursache davon nicht ergründen. Es dauerte aber nicht lang, bis mein Vater das ganze Geheimniß erklärte, er ließ mich eines Tages in sein Zimmer kommen und entdeckte mir, was ich so wenig wünschte als erwartete. Er fing an, von den erstaunlichen Wirkungen der Jugend und der Schönheit zu sprechen und wie thöricht es seyn würde, die Vortheile, die sie uns verschaffen könnten, außer acht zu lassen, bis es zu spät und vielleicht vergeblich wäre, sie zurück zu wünschen. Ich stand über diesen Anfang ganz betroffen da; er sah meine Verwirrung, hieß mich niedersitzen und das, was er erzählen wollte, anhören, da es von der größten Wichtigkeit sey; und er hoffe, ich werde klug genug seyn, seinem Rathe zu folgen und so zu handeln, wie er es für mein künftiges Wohlergehen am zuträglichsten halte. Darauf fragte er mich, ob ich nicht gern eine Königinn werden wolle. Ich antwortete mit dem größten Ernste, ich sey so weit davon entfernt, daß ich an keinem Hofe wieder leben möge, und sey es als die größte Königinn der Welt; ich hätte einen Liebhaber, dem es weder an Vermögen noch an Willen fehle, meine Stellung über meine Wünsche zu erheben. Ich merkte, daß diese Rede meinem Vater sehr mißfiel; er runzelte die Stirne, schalt mich eine romantische Närrinn und sagte, wenn ich auf ihn hören wolle, so könne er mich zu einer Königinn machen; denn der Cardinal habe ihm erzählet, daß ich dem König, als er mich neulich am Hofe sah, gefallen habe, und er sich von seiner Gemahlinn scheiden lassen und mich an deren Stelle setzen wolle; der König habe ihm auch aufgetragen, ein Mittel zu ersinnen, um mich zum Ehrenfräulein bey der jetzigen Königinn zu machen, damit er inzwischen Gelegenheit erhalte, mich zu sehen. Es ist unmöglich zu beschreiben, in welches Erstaunen diese Worte mich versetzten; und obgleich einen Augenblick vorher, als es noch in so weiter Ferne schien, meine Erklärung, daß eine so außerordentliche Erhöhung ganz gegen meinen Willen sey, höchst aufrichtig gewesen war, so muß ich doch gestehen, daß nunmehr, als die Aussicht näher rückte, mein Herz schlug und meine Augen verblendet wurden, da ich mich auf dem Throne sitzen sah. Meine Einbildungskraft schilderte mir alle Pracht, Gewalt und Größe, die mit einer Krone verbunden sind; und ich war so sehr verwirret, daß ich nichts zu antworten wußte und so still blieb, als wenn ich meine Sprache verloren hätte. Mein Vater, der die Ursache meines Zustandes errieth, brachte nun alle Gründe vor, die ihm am dienlichsten erschienen, um mich zur Befolgung seines Willens zu bewegen; endlich erwachte ich aus diesem Traum von Größe und bath ihn, unter Beyhilfe aller mir erdenklichen Schmeichelworte, er möge mich nicht drängen, auf eine so ehrlose Art den Mann zu verlassen, von dem ich versichert war, er würde mir, wenn es in seiner Gewalt stünde, ein Kaiserreich verschaffen, und der mächtig genug wäre, mir alles zu geben, was ich wünschte. Allein er war taub gegen alles, was ich sagen mochte, und bestand darauf, ich solle in der nächsten Woche mich bereit halten, an den Hof zu gehen; er befahl mir, dieß wohl zu bedenken und nicht einen lächerlichen Begriff von Ehre dem wahren Vortheil meiner ganzen Familie vorzuziehen; vor allen Dingen aber dasjenige, was er mir anvertrauet hatte, nicht zu verrathen. Hiermit überließ er mich meinen eigenen Gedanken. Als ich allein war, bedachte ich, wie wenig Zärtlichkeit sein Betragen gegen mich zeigte, deren Glück er gar nicht in Erwägung zog, sondern die er nur als eine Leiter betrachtete, worauf er die Höhe seiner ehrgeitzigen Wünsche ersteigen könnte; und wenn ich mich der Liebe erinnerte, die er mir in meiner Kindheit erwiesen hatte, so konnte ich sie nicht anders erklären, als daß er mich damahls entweder nur wie eine Puppe geschätzet habe, oder weil meine Schönheit seine Eitelkeit befriedigte. Allein ich war zu sehr zwischen der Krone und meiner Anhänglichkeit an den Lord Percy getheilet, als daß ich lange Zeit auf andere Betrachtungen verwenden konnte; und ungeachtet des ausdrücklichen Verbothes meines Vaters konnte ich nicht umhin, ihm, als er das nächste Mahl kam, alles zu entdecken, was vorgefallen war, ausgenommen nur den Kampf, der bey der ersten Erwähnung eine Königinn zu werden, in meinem Gemüthe entbrannt war. Ich erwartete, er werde diese Neuigkeit mit dem größten Entsetzen vernehmen; allein er schien nicht sehr gerührt zu seyn, doch konnte er nicht verhindern, dabey zu erblassen, und indem er meine Hand nahm, blickte er mich zärtlich an und sagte: ›Wenn eine Königinn zu seyn Euch glücklich machen kann und es in Eurer Macht steht, es zu werden, so will ich Euch um die Welt nicht daran hindern, was ich auch dadurch erleiden mag.‹ Dieser erstaunliche Großmuth hatte eine ganz andere Wirkung auf mich, als er hätte haben sollen; denn an Statt meine Liebe zu ihm zu vergrößern, machte er ihr beynahe ein Ende, und ich begann zu glauben, wenn er sich von mir trennen könne, so habe die Sache nicht viel auf sich. Ich bin überzeugt, wenn ein Mann den Besitz einer Frau, deren Einwilligung er einmahl erhalten hat, aufgibt, sein Beweggrund mag so edelmüthig seyn, als er will, so wird er sie beleidigen. Ich konnte meine Unzufriedenheit nicht verbergen und sagte, es sey mir sehr lieb, daß er diese Sache so leicht nehme. Er vermochte nicht, mir darauf zu antworten, sondern war von der unerwarteten bösartigen Wendung, die ich seinem Benehmen gegeben hatte, so erschlagen, daß er einige Zeit bestürzt stehen blieb, sich dann verneigte und mich verließ. Nun war ich wiederum meinen eigenen Gedanken überlassen, aber es ist wohl unmöglich, etwas Begreifliches daraus zu entwickeln: Ich wünschte, eine Königinn zu seyn, und wünschte auch, es nicht zu seyn; ich wünschte den Lord Percy glücklich ohne mich zu sehen; und doch wollte ich nicht, daß meine Reitze so schwach wären, daß er, meiner Liebe verlustig, den Gedanken an das Leben länger ertragen könne. Das Resultat von allen diesen verwirrten Gedanken aber war, daß ich meinem Vater gehorchen müsse. Ich befürchte, ich handelte nicht sehr pflichtgemäß, obgleich ich mich damahls gern an den kleinen Schatten hielt, um meine Handlungen nicht im wahren Licht zu sehen. Als mein Geliebter wieder kam, blickte ich ihn, um aller Zudringlichkeit überhoben zu seyn, mit einer Kälte an, die er nicht ertragen konnte; denn seitdem ich ihn zu verrathen beschlossen hatte, betrachtete ich ihn als das Denkmahl meiner Schande, und jeder seiner Blicke erschien mir als ein Vorwurf. Mein Vater führte mich bald an den Hof; dort hatte ich keine sehr schwere Rolle zu spielen, denn bey meiner Menschenkenntniß konnte die Behandlung eines mir gewogenen Mannes, gegen den ich nicht allein gleichgültig war, sondern sogar eine starke Abneigung hegte, mir nicht viele Mühe machen; er aber hielt diese Abneigung für Tugend; denn wie leichtgläubig ist nicht ein Mann, der gerne glauben will! Absichtsvoll ließ ich zuweilen ein Wort von einem Landhaus oder der Liebe fallen und davon, wie glücklich diejenige sey, welche ihr Herz einem Mann von solchem Range gegeben habe, daß sie ihre Liebe zeigen könne, ohne der Heucheley oder eigennütziger Absichten verdächtigt zu werden. Alles dieses ward von dem verliebten Könige begierig aufgenommen, und obschon die Sache sehr lang dauerte und ich die meiste Zeit hinter dem Vorhange blieb, drang er mit äußerster Heftigkeit auf die Ehescheidung. Wann immer der König mir etwas davon erwähnte, führte ich Gründe dagegen an, welche ihn aller Wahrscheinlichkeit nach noch eifriger machen mußten, und bath ihn, wenn sein Gewissen nicht wirklich gerühret wäre, seiner tugendhaften Gemahlinn meinetwegen keinen Kummer zu verursachen; denn ich glaubte dadurch, daß ich ihre Dienerin sey, genug geehrt zu seyn, und ich wollte nicht allein einer Krone, sondern auch dem Vergnügen, ihn je wieder zu sehen, lieber entsagen, als meiner königlichen Gebietherinn Unrecht zu thun. Diese Art zu reden, nebst seinem heftigen Verlangen, mich zu besitzen, überzeugte den König so völlig von meinem hohen Werthe, daß er es für ein verdienstvolles Werk ansah, die Gemahlinn (von welcher er, weil er ihrer müde war, keine so gute Meinung haben konnte) zu verstoßen und mich an ihre Stelle zu setzen. Als ich ungefähr ein Jahr lang am Hofe gewesen war und man schon von der Liebe des Königs gegen mich zu reden anfing, hielt man es für rathsam, mich zu entfernen, um der Partey der Königinn keinen Vorwand zu geben. Ich mußte es geschehen lassen, obgleich ganz gegen meinen Willen, denn ich fürchtete, meine Abwesenheit könne des Königs Gesinnung ändern. Ich zog also mit meinem Vater wieder auf seinen Landsitz, aber der hatte nun nicht mehr die Reitze für mich wie ehedem; denn mein Sinn war nunmehr zu sehr vom Ehrgeitz eingenommen, daß andere Gedanken darin Raum gefunden hätten. Während ich mich hier aufhielt, schickte mein königlicher Liebhaber öfters Herren mit Bothschaften und Briefen an mich, welche ich immer so beantwortete, wie es mir zur Erreichung meiner Absichten, wieder an den Hof zu kommen, am dienlichsten schien. Bey diesem Briefwechsel war etwas so Königliches und Gebietherisches in seinen Briefen, und etwas so Trügliches und Demüthiges in den meinigen, daß ich zuweilen nicht umhin konnte, über den Unterschied zwischen dieser Correspondenz und derjenigen mit dem Lord Percy nachzudenken, aber die Sehnsucht nach der Krone trieb mich so sehr voran, daß ich an eine Umkehr nicht einmahl denken konnte. In allen meinen Briefen lobte ich seinen Entschluß, mich in einiger Entfernung von sich bleiben zu lassen, weil es im jetzigen Zeitpunct fürwahr meiner Ehre dienlich sey; was aber zehnmahl mehr Gewicht für mich habe, sey die Erwägung, daß es auch um seiner Ehre willen nöthig sey; und ich würde alles in der Welt eher leiden, als seinem Vortheil oder Ansehen durch irgend etwas zu schaden. Ich gab ihm allezeit einige Winke von meiner schlechten Gesundheit, nebst einigen Bemerkungen darüber, wie nöthig Gemüthsruhe zum Wohl des Körpers sey. Mit diesen Mitteln brachte ich ihn dahin, daß er mich durch den ausdrücklichsten Befehl zurückrief; ich wich demselben eine Zeitlang kunstvoll aus (denn ich wußte, sein ungeduldiges Temperament vertrage keinen Widerspruch), bis er meinen Vater bewog, mich zu dem zu nöthigen, was ich bey allem äußerlichen Widerstreben am meisten wünschte. Nachdem ich in diesem Punct gewonnen hatte, sann ich darauf, wie ich das königliche Paar, das bisher noch in einem Hause wohnte, von einander trennen könne. Die Prinzessinn Maria, der Königinn Tochter, war damahls ungefähr sechzehn Jahre alt; ich suchte mir Personen ihres Alters, auf welche ich mich verlassen konnte, und diese mußten ihr respectswidrige Urtheile über ihren Vater einflößen und über die Zartheit seines Gewissens in Ansehung der Ehescheidung spotten. Ich wußte, daß sie von Natur sehr leidenschaftlich war und daß junge Personen von ihrem Alter diejenigen leicht für ihre Freunde halten, die sich dafür ausgeben, und ihre Reden für den Ausdruck ihrer Herzensmeinung ansehen. Ich sorgte also dafür, daß jedes Wort, das sie hierüber sprach, dem König zugetragen wurde, der es so aufnahm, wie ich es nur wünschen konnte, und sich einbildete, es könne nicht unmittelbar von der Tochter, sondern müsse von der Mutter herkommen. Er sprach oft mit mir darüber, und ich stimmte seiner Meinung bey; aber um meine große Gutherzigkeit zu beweisen, suchte ich sie zugleich zu entschuldigen, indem ich sagte, daß eine Dame, die schon so lange gewohnt sey, eine Königinn zu seyn, ganz natürlicher Weise durch solche ein wenig verbittert werden könne, welche sie, wie sie glaubte, von ihrer so wohl verdienten Ehrenstelle stürzen wollten. Durch dergleichen Ränke fand ich Mittel, den König gegen seine Gemahlinn immer mehr aufzubringen; denn nichts ist leichter, als dieses bey einem Manne zu bewirken, der sich einer Frau entledigen möchte, die ihm und seinem Vergnügen im Wege stehet, so daß nun der König unter dem Vorwand ihres Starrsinns in einer Sache, die sein zartes Gewissen so nahe angehe, sich wirklich von ihr trennte. Nun war mir alles eben und leicht; ich hatte weiter nichts zu thun, als den König seinem eigenen Verlangen zu überlassen, und da es ihn schon so weit gebracht hatte, hatte ich keine Ursache zu befürchten, daß es ihn nicht von selbst auf alles andere führen werde, worauf ich zielte. Ich wurde zur Marquisinn von Pembroke erhoben. Diese Standeserhöhung wog mir sehr leicht, da ich Aussicht auf einen viel höheren Titel hatte; ich sah sie für eine Kleinigkeit an, nicht weil mir ihre Armseligkeit im wahren Lichte erschien, sondern, weil es weit unter dem stand, was ich bald zu erlangen träumte. Des Königs Verlangen wurde bald sehr ungeduldig, und es dauerte nicht lang, da ward ich insgeheim mit ihm getrauet. Kaum war ich seine

Frau, so empfand ich ganz als Königinn; ich fühlte mich meiner höchsten Würde sehr bewußt, und selbst die Gesichter meiner vertrautesten Bekannten wurden mir fremd, und ich erkannte sie nur mit Mühe. Die Höhe hatte mir den Kopf verdrehet, und ich glich einem Menschen, der auf einem Denkmahle stehet und dessen Blikken alle Geschöpfe in der weiten Entfernung unter ihm als so viele kleine, auf der Erde herumkriechende Zwerge erscheinen; und die Aussicht gefiel mir so gut, daß ich nicht erwog, wir beyde bräuchten im einen wie im andern Fall nur wenige von Menschenhänden errichtete Stufen hinabzusteigen und würden zu denselben Zwergen gehören, die uns jetzt so verächtlich schienen. Unsere Trauung wurde einige Zeit geheim gehalten, denn man hielt es nicht für schicklich, sie bekannt zu machen (die Ehescheidungssache war noch nicht beendigt), bis die Geburt meiner Tochter Elisabeth es nöthig machte. Aber alle, die mich sahen, wußten darum, weil meine Art zu reden und zu handeln seitdem so sehr verändert war, daß jedermann um mich her deutlich merkte, ich sey versichert, eine Königinn zu seyn. So lang die Sache ein Geheimniß war, blieb mir noch etwas zu wünschen übrig; ich konnte nähmlich nicht völlig zufrieden seyn, bis alle Welt von meinem Glücke erfuhr; aber als meine Krönung vollzogen war und ich die Höhe meines Ehrgeitzes erstiegen hatte, befand ich mich, an Statt mich nun vollkommen glücklich zu schätzen, weit elender als jemahls zuvor; denn außer, daß meine natürliche Abneigung gegen den König sich nach der Vermählung viel schwerer als vorher verbergen ließ und in eine wahre Verabscheuung desselben überging, so ward meine Einbildungskraft, welche die Krone mit so vieler Hitze verfolget, nun da sie diese erlangt hatte, beträchtlich abgekühlet, und ich bekam Zeit zu überlegen, welch große Dinge ich durch alle meine Geschäftigkeit gewonnen habe. Ich pflegte mich dann oft mit einem Fuchsjäger zu vergleichen, welcher, nachdem er sich einen ganzen Tag auf der Jagd geplagt und gemühet hat, als wenn eine unerhörte Seligkeit seinen Sieg bekrönen sollte, endlich findet, daß der ganze Lohn seiner Arbeit ein stinkendes ekelhaftes Tier sey. Doch war mein Zustand noch schlimmer als der seinige; denn jener überläßt das widerliche Geschöpf seinen Hunden zum Zerfleischen, ich aber mußte dem meinigen schmeicheln und es auf eine niederträchtige Weise für den Gegenstand meiner Liebe ausgeben. Während der ganzen Zeit, da ich in dieser beneideten und erhabenen Stellung stand, führte ich unausgesetzt ein heuchlerisches Leben, welches, wie ich nunmehr weiß, durch nichts auf der Erde aufgewogen werden kann. Ich hatte keinen Gesellschafter außer dem Mann, den ich haßte. Ich wagte nicht, meine Empfindungen jemandem in meiner Nähe zu eröffnen, und niemand war so dreist, sich frey mit mir zu unterhalten; denn alle, die mit mir sprachen, sprachen nicht mit mir, sondern mit der Königinn und würden dasselbe zu einer geputzten Puppe gesagt haben, wenn es dem Könige eingefallen wäre, sie seine Gemahlinn zu nennen. Und da ich wußte, daß alle Damen am Hofe meine Feindinnen waren, weil eine jede glaubte, mehr Ansprüche auf den Platz zu haben, den ich einnahm, so hielt ich mich für eben so unglücklich, als wenn ich in einen wilden Wald gerathen wäre, wo ich mit keinem Menschen sprechen könnte und stets fürchten müßte, mich durch meine Fußstapfen zu verrathen und dann von einem fürchterlichen Ungeheuer entdeckt oder von Schlangen und Nattern gestochen zu werden; denn so sind boshafte Frauen gegen solche, die sie beneiden. In dieser schlimmsten aller Lagen ward ich genöthigt, meine Schwermuth zu verbergen und mich heiter zu stellen. Dieß trieb mich auf den entgegengesetzten Irrweg, und ich verfiel zuweilen in einen Leichtsinn, welchen man in der Folge zu meinem Schaden benutzte. Ich kam mit einem todten Sohn nieder, wodurch, wie ich bemerken mußte, die heftige Liebe des Königs ein wenig geschwächet wurde, da sein

Temperament nicht die geringste Enttäuschung verschmerzen konnte. Dieß verursachte mir keine Unruhe, denn ich war, ohne die Folgen zu bedenken, desto vergnügter, je weniger ich in seiner Gesellschaft war. Nachmahls bemerkte ich, daß er seine Augen auf eine von meinen Ehrenfräulein geworfen hatte; und, mag es nun durch ihre Schlauheit oder nur von den heftigen Leidenschaften des Königes bewirkt worden seyn, ich ward zuletzt noch schlechter behandelt als meine vorige Gebietherinn um meinetwillen. Die absterbende Zuneigung des Königs wurde von den Hofsycophanten, welche jeden Augenwink des Herrschers belauern, sogleich erspähet, und in dem Augenblick, wo sie ein geneigtes Gehör gegen mich zu erhalten dachten, schufen sie meine unschuldigsten Handlungen und Worte, ja selbst meine Blicke, in Beweise der schwärzesten Verbrechen um. Der König, der sich mit Ungeduld nach dem Genusse seiner neuen Liebe sehnte, lieh allen meinen Anklägern ein williges Ohr, und diese verstanden, indem sie mich der Treulosigkeit beschuldigten, seine Eifersucht zu erregen. Ehedem würde er etwas mir Nachtheiliges nicht so leicht geglaubet haben, aber jetzt war er froh, einen Grund für eben dasjenige zu finden, was er bereits ohne Grund zu thun beschlossen hatte, und ich wurde auf den geringsten Vorwand und auf bloßes Hörensagen in den Tower gebracht, wo meine ärgste Feindinn bestellet ward, mich zu bewachen und in demselben Zimmer mit mir zu schlafen. Das war wirklich eine so harte Strafe als der Todt selbst, denn sie beleidigte mich mit beißenden Vorwürfen und boshaften Witzeleyen, wodurch ich in solche Mißlaunen und heftige Ausbrüche fiel, daß ich nicht wußte, was ich in diesem Zustande äußerte. Sie aber behauptete, ich habe mich verrathen, indem ich allerley lächerliches Zeug mit einer Bande gemeiner Kerle geredet habe, welche ich kaum je bemerkt hatte; was gewißlich niemanden überzeugt haben würde, als wer ohnehin entschlossen war, daran zu glauben. Man führte mich vor das Gericht und klagte mich, um mich desto mehr anzuschwärzen, des unzüchtigen Umgangs mit meinem eigenen Bruder an, den ich in der That recht herzlich liebte, aber doch niemahls anders als einen Freund angesehen hatte. Indessen wurde ich verurtheilt, enthauptet oder verbrannt zu werden, wie es dem König gefalle; und er, weil noch vieles von seiner Liebe übrig war, war so gnädig, die mildeste Strafe zu wählen. Diese Art, mein Leben zu endigen, entsetzte mich viel weniger, als sie es in irgend einem anderen Stande gethan haben würde: aber ich hatte seit meiner Krönung so wenig Freude genossen, daß der Tod mich um so weniger schreckte. Was hauptsächlich mein Gewissen beschwerte, waren die Ränke, wodurch ich den König verführet hatte, sich von seiner Gemahlinn zu trennen, mein schlechtes Betragen gegen die Prinzessin Maria und meine Täuschung des Lord Percy. Dennoch suchte ich mich so viel als möglich zu beruhigen und erhoffte die Verzeihung dieser Vergehen, denn ich hatte sonst ein sehr unschuldiges Leben geführet und alle guten Handlungen verrichtet, wozu sich eine Gelegenheit darboth. Ich hatte, seitdem ich dazu im Stande war, den Armen eine ansehnliche Summe Geldes geschenket; ich bethete sehr andächtig und ging sehr gefaßt meiner Hinrichtung entgegen. So verlor ich mein Leben im neun und zwanzigsten Jahr, in welcher kurzen Zeit ich, wie ich glaube, mehr Abwechselungen der Schicksale erlebte als viele, die ein sehr hohes Alter erreichen. Ich hatte an einem Hofe gelebt und meine Zeit mit Coquetterie und Fröhlichkeit zugebracht; ich hatte erfahren, was es heißt, eine der heftigen Leidenschaften zu hegen, die das Gemüth in Verwirrung und Unruhe setzen; ich hatte einen Liebhaber gehabt, den ich hochachtete und schätzte, und in der letzten Zeit meines Lebens die höchste Stufe erstiegen, welche die eitelste Frau sich wünschen kann. Aber in allen den verschiedenartigen Wechseln hatte ich niemahls ein wahres Glück genossen, außer in der kurzen Zeit, wo ich fern von Geräusch und Lärm auf dem Lande lebte und da ich mir bewußt war, der Gegenstand der Liebe eines Mannes von Verstand und Ehre zu seyn.«

Nach der Vollendung dieser Geschichte hielt Minos eine kurze Zeit inne und befahl alsdann, das Thor zu öffnen und die Anna Boleyn einzulassen, in der Erwägung, daß diejenige, welche vier Jahre lang eine Königinn gewesen sey und eben so lang das Elend empfunden habe, welches diesen erhabenen Stand begleitet, Verzeihung all dessen verdiene, was sie zur Erlangung desselben gethan haben mochte.*

* Hier endigt dieses merkwürdige Manuscript; der Rest war zum Einwickeln von Federn, Tabak etc. verwendet worden. Es stehet zu hoffen, daß unachtsame Leute mit dem Papiere, das sie verbrennen oder zu andern nichtswürdigen Zwekken benutzen, künftighin vorsichtiger umgehen werden; insonderheit, wenn sie das Schicksal bedenken, das den göttlichen Milton beynahe betroffen hätte, und daß Homers Werke vermuthlich in einer Krämerbude in Griechenland entdeckt worden sind.

ZU DIESER AUSGABE

Die englische Erstausgabe erschien 1743 unter dem Titel ›A Journey from this World to the Next‹. Die letzte deutsche Übersetzung erschien 1812 (1811?) anonym unter dem Titel ›Abenteuer auf einer Reise in die andere Welt, von Heinrich Fielding, Esq. Aus dem Englischen.‹ in Leipzig und wurde vermutlich von Georg Wilhelm Lorsbach (1752–1816), dem Herborner und Jenaer Orientalisten und Berater Goethes beim ›Westöstlichen Divan‹, verfaßt – eine Entdeckung, die wir den Nachforschungen von Hans Haering, Herborn, verdanken.

Diese Übertragung bildete die Grundlage für unsere Neubearbeitung, die einerseits die »Patina« der schönen alten Übersetzung, die ihren großen Vorzug in der lebendigen Berührung zum 18. Jahrhundert hat, zu erhalten, andererseits mit Hilfe des Originals die Mängel und Schwächen zu beseitigen suchte. Die Orthographie blieb weitgehend unberührt, die Interpunktion aber wurde den heutigen Regeln angeglichen. Wo es der Lesbarkeit dienlich war, wurden Änderungen in der Syntax vorgenommen.

Klassiker der englischen und amerikanischen Literatur

Burton, Robert:
Anatomie der Melancholie
Über die Allgegenwart der Schwermut, ihre Ursachen und Symptome sowie die Kunst, es mit ihr auszuhalten
Übersetzung u. Nachwort von Ulrich Horstmann
dtv 2281

Samuel Butler:
Der Weg allen Fleisches
Roman
Aus dem Englischen übersetzt von Helmut Findeisen
dtv 2240

John Cleland:
Fanny Hill
(Memoirs of a Woman of Pleasure)
Herausgegeben und mit einem Nachwort versehen von Peter Wagner
dtv 2212

Edgar Allan Poe:
Detektivgeschichten
Übersetzt von Hans Wollschläger
Mit einem Nachwort von Ulrich Broich
dtv 2059

Faszination des Grauens
11 Meistererzählungen
Übersetzt von Arno Schmidt und Hans Wollschläger
Mit einem Nachwort von Ulrich Broich
dtv 2095

William Shakespeare:
Die Sonette
englisch und deutsch
In der ›Umdichtung‹ von Stefan George
Mit einem Nachwort von Hubert Arbogast
dtv 2209

Adam Smith:
Der Wohlstand der Nationen
Aus dem Englischen übertragen und herausgegeben von H. C. Recktenwald
dtv 2208

Jonathan Swift:
Gullivers Reisen
Aus dem Englischen übertragen von Kurt Heinrich Hansen
Mit den Illustrationen von Grandville und einem Nachwort von Fritz Wölcken
dtv 2236

Oscar Wilde:
Das Bildnis des Dorian Gray
Übersetzt und mit einem Nachwort versehen von Siegfried Schmitz
dtv 2083